BASTEI LÜBBE

Ludwig Anzengruber

Der Sternsteinhof

BASTEI LÜBBE

BASTEI-LÜBBE-TASCHENBUCH
Band 14 096

Nach der Originalausgabe neubearbeitet von André Mairock

Lizenzausgabe: Gustav Lübbe Verlag GmbH, Bergisch Gladbach
Printed in in Hungary 1980
Einbandgestaltung: Roland Winkler
Titelphoto: Roxy-Film
Satz: Zobrist & Hof AG, CH-Pratteln

ISBN 3-404-14096-6

Der Preis dieses Bandes versteht sich einschließlich
der gesetzlichen Mehrwertsteuer

Ein ergiebiger Gewitterregen war niedergegangen, und das sonst so ruhig zwischen den beiden langgestreckten Hügelzügen dahinfließende Bächlein rauschte jetzt laut und wild über sein Gefälle herab, vorbei an den dürftigen Heimstätten, deren Bewohner hier in dieser Enge ein recht armseliges Dasein fristeten.

Besonders die letzte dieser Wohnstätten sah gar verwahrlost aus; der Türstock stand fast frei in der geborstenen Mauern, die Fensterrahmen hingen schief, hier und dort schaute ein nackter Stein aus dem verwitterten und bröckelnden Anwurf, und auch der Zaun, der das karge und mit Krautköpfen bepflanzte Grundeigentum anzeigen sollte, war schadhaft und oft nur noch durch faulende Pflöcke angedeutet.

Als die Abendsonne wieder aus dem abziehenden Gewölk hervorbrach, kam aus dieser letzten Hütte ein junges Mädchen heraus, schaute eine Weile auf den schäumenden Bach und setzte sich dann auf die kleine Hausbank nieder. Außer einem Kopftuch, einem Hemd aus ungebleichtem Leinen und einem blauen, weißgetupften, verwaschenen Rock hatte es nichts am Leib.

Man merkte sogleich, das Mädchen war das Kind armer Leute. Aber es war hübsch.

Gelangweilt drückte es die nackte Fußsohle in die regenfeuchte Erde und dachte sich wohl dabei: Ja, wenn man Schuhe hätte, könnte man auch einmal unter die reichen Leute gehen!

Bei diesem Gedanken hob das Mädchen den Kopf und äugte hinauf zum Sternsteinhof, der stolz und mächtig von der freien Höhe herniederschaute. In den Fenstern spiegelte sich das Licht der sinkenden Sonne, es war wie das Strahlen einer sprühenden Glut.

Und das Mädchen dachte: So reich sollte man sein wie der Bauer vom Sternsteinhof, dem aller Grund und Boden gehört, so weit der Hügel reicht, und drüben die Ebene, soweit das Auge zu schauen vermochte. Was die Wiesen an Vieh ernähren und die Äcker tragen konnten, das hatte der Sternsteinhofbauer in Stallungen und Scheunen. Und die Leute sagten, daß ihm alles wie vom Himmel fiel mit jener feurigen Sternschnuppe, die, als er gerade den neuen Hof zu bauen begann, auf seinen Grund und Boden niederschoß. Und diesen Sternstein soll er aus der Erde gehoben und in das Fundament seines Hauses eingemauert haben ...

Vom Kamin, der aus dem Schieferdach emporragte, wirbelte jetzt der Rauch und zog einen Streifen über den Abendhimmel. Gedankenverloren schaute das Mädchen den Rauchwölkchen nach und dachte weiter an den Reichtum und an das schöne Leben der Leute vom Sternsteinhof.

Ja, dort sollte man geboren sein ...

Es sah nicht, daß es schon lange von einem jungen Burschen aus der Nachbarshütte beobachtet wurde. Er stand hinter einem Busch des Vorgärtchens und schaute unverwandt zu ihr herüber. Klein von Gestalt und engbrüstig, sah man ihm sein Alter nur vom Gesicht ab, das allein Schritt gehalten hatte mit der Entwicklung, wenn auch die Züge darin sich wenig schön gestaltet hatten.

Der Körper selbst war im Wachstum zurückgeblieben und holte wohl nie mehr ein, was die Burschen seines Alters ihm voraushatten.

Jetzt schlüpfte er aus dem Gärtchen und näherte sich dem Mädchen. »Grüß' dich, Helen'!«

Sie schrak aus ihren Gedanken. »Guten Abend, Mukkerl! – Magst hersitzen zu mir?«

Er machte offenbar gern von dieser Einladung Gebrauch und ließ sich neben ihr auf dem Bänkchen nieder. Dabei äugte er recht auffällig nach ihrem Gesicht.

»Was schaust denn?« fragte sie.

»Tu' doch dein Tücherl weg, Helen'!«

»Warum? Geniert es dich?«

»Ja, ich möcht' dein Gesicht sehen.«

Sie nahm das Tuch ab und drehte ihm ihr Gesicht zu. »Hast vielleicht noch kein solches gesehen?« lachte sie.

Er schüttelte den Kopf und schaute in ihr vollbackiges junges Antlitz, auf das zarte Braun der Haut, umrahmt von reichen Flechten schwarzen Haares mit bläulichem Schimmer, auf die roten, vollen Lippen und in die dunklen, funkelnden Augen.

Das Mädchen ließ sich die Musterung eine Weile lächelnd gefallen, dann aber sagte es spöttisch: »Hör', Muckerl, wenn ich dir auch gefallen sollt', dann laß' dir sagen, du gefällst mir gar nicht!«

Und lachend wandte sie sich ab.

»Das glaub' ich dir gern,« erwiderte er. Er kannte sein Bild genügend aus dem Spiegel und wußte, wie er aussah mit seinem borstigen, braunen Haar, mit der breiten Stirn und der knolligen Nase...

»Wirklich, Muckerl, du siehst wüst aus!« lachte sie.

»Dafür bist du recht hübsch, Helen'!« gab er neidlos zu.

»Wer weiß, wie ich ausschau', wenn ich ausgewachsen bin.«

»Du bleibst immer sauber, immer die Schönste im ganzen Landgau!«

»Möcht'st mich vielleicht foppen, du dummer Bub?«

Aber er blieb ernst. »Schau', Helen', wie soll ich dir das erklären? Paß' einmal auf. . .«

Sie wandte sich ihm halb belustigt, halb neugierig zu.

»Du weißt doch, daß ich, schon seit ich aus der Schul' bin, allerlei Dinge geschnitzt hab', Verzierungen an die Stuhllehnen und in das Türgerüst von reichen Bauern – und auf einmal ist es mir gekommen, ich könnt dazulernen und heilige oder weltliche Figuren schnitzen. Und das will ich jetzt tun!«

»Also, Bildschnitzer möcht'st werden?« staunte sie.

Er nickte. »Jawohl, und ich halt mich fest daran, einmal darin ein Meister zu werden. Damit ernähre ich meine Mutter und komm' auch selbst zu etwas. Der Herr Pfarrer hat's meiner Mutter bereits versprochen, daß er den ersten Heiligen aus meiner Hand in der Kirche aufstellen will. Drum darfst du mir glauben, daß unsereiner die Leut ganz anders anschaut und auch weiß, welches Gesicht schön ist, welches nicht. Man muß schon Gefallen haben an seiner Arbeit. Verstehst du das?«

»Und mich tät'st du schnitzen?«

»Wie du dasitz'st, vom Kopf bis zu den Füßen. Verlaß' dich drauf, Helen', um dich werden sich noch die Burschen raufen!«

Sie lachte.

Da ertönte aus der Tür des Nachbarhauses eine schnarrende Stimme: »Muckerl, du Sakermenter! Wo steckst denn? 's Nachtessen steht auf dem Tisch!«

Der Muckerl erhob sich. »Die Mutter,« sagte er. »Gut' Nacht, Helen'! – Und was ich noch sagen wollt': Es kann leicht sein, daß ich dann mit den Burschen mitraufe...«

Er lief davon und das Mädchen kicherte.

Es war ein reinliches und sauberes Stübchen, in dem der Muckerl mit seiner Mutter zu Tisch saß. Sie war eine ältere, behäbige Frau von ordentlichem Aussehen. Mit etwas unzufriedenem Blick schaute sie auf ihren mangelhaft entwickelten Sohn. »Wie oft muß ich dir noch sagen, du sollst dich mit denen da drüben nicht so viel einlassen!« schimpfte sie.

»Erstens ist es nicht schicksam, daß du dem jungen Ding nachläufst, und zweitens will ich keine Freundschaft mit den Zinshoferischen! Ich kenn' die Alte schon von Jugend auf und hab' meinen Grund, ihr aus dem Weg zu gehen; sie hat es noch keinem gut gemeint. Und die junge Dirn hat an ihr ein schlechtes Beispiel. Drum bleib weg davon!«

Muckerl löffelte schweigend seine Suppe, ohne zu antworten oder zu fragen.

Unterdessen saß die junge Helene Zinshofer auf dem Bänkchen und träumte vor sich hin. Der Kleebinder-Muckerl hatte ihr ganz offen gesagt, daß sie schön sei. Er war Bildschnitzer und mußte es ja wissen...

Da war hinter ihr ein spöttisches Lachen. Ihre Mutter, die Zinshoferin, stand unter der Tür. »Ich mein' die Kleebinderin ärgert es nicht wenig, daß ihr Muckerl dir nachschleicht,« sagte sie mit verhaltener Stimme und verdrehte ihre Augen boshaft nach dem Nachbarhaus.

»Kann schon sein,« antwortete das Mädchen gleichgültig.

»Du fangst aber früh an, dir von Burschen sagen zu lassen, daß du schön bist!«

»Ich hab' ihn nicht gerufen und keinen Anlaß zu dieser Rede gegeben,« entgegnete das Mädchen schnippisch. »Du hast also gehorcht, Mutter?«

»Eine richtige Mutter will wissen, was ihr Dirndl denkt und treibt! – Komm' dann herein zum Essen!«

Helen' ließ sich Zeit. Sie blieb sitzen und schaute verträumt hinauf zum Sternsteinhof. Sie dachte an das Märchen von einem jungen, bettelarmen Mädchen, das in schlechten Kleidern ging, aber ein bildsauberer Mensch war. Im Traum wurde diesem armen Ding aufgetragen, zu einem alten Schloß hinaufzugehen, einem alten, bösen Weib, das eine schlimme Hexe war, die Schlüssel zu entreißen, wodurch das Schloß entzaubert wurde. Danach lebte die arme Dirn bis an ihr Ende in Reichtum und Freude...

Wahrhaftig, die Zinshofer Helene war kein verträumtes Mädchen, sie blieb auf dem Boden der Wirklichkeit. Sie sehnte sich nicht nach einem verzauberten Schloß, aber der reiche Sternsteinhof da droben stach ihr in die Augen. Dort hinauf sollte man seinen Weg nehmen können, ohne auf die Hilfeleistungen gütiger Feen angewiesen zu sein, wenn es auch viel Anstrengung kosten würde...

*

Mit Geduld und Eifer hatte es Muckerl Kleebinder in der Tat zu einem gefragten bildschnitzer gebracht. Unter seinen Händen entstanden schöne Krippen für die Weihnachtszeit mit allen dazu gehörigen Figuren. Er schnitzte Kreuze für die Herrgottwinkel und Heilige, die in der Gegend besonders verehrt wurden. Bald war im ganzen Umkreis die Rede davon, was für ein Geschickter drüben in Zwischenbühel sitze, und wer einen Herrgott in den Stubenwinkel oder eine Gnadenmutter oder einen heiligen Namenspatron benötigte, nahm seinen Weg zum Zwischenbüheler Bildschnitzer.

Dennoch hatte der Muckerl seine Sorgen, denn die Käufer drückten die Preise oft in beschämender Weise. Sie wußten, wie nötig der Muckerl das Geld brauchte, womit er sich mit seiner Mutter ernährte. Oft rief er sie mit Tränen in den Augen zurück, wenn sie schon unter der Tür waren, und gab ihnen das Geforderte für den gebotenen Spottpreis.

Er mußte ja leben…

Aber da wandte es sich mit einem Mal zum Besseren. An einem Abend kam ein fremder Mann in Muckerls Hütte, er nannte sich Handelsagent für religiösen Hausrat und wollte die Erzeugnisse des Zwischenbüheler Bildschnitzers besichtigen. Er war von den vorgelegten Proben geradezu begeistert, bot das Fünffache, was der Muckerl bis jetzt dafür erhalten hatte, bezahlte einen Vorschuß und bestellte gleich ganz groß.

Der junge Bildschnitzer schwamm in Seligkeit, beinahe wäre er dem fremden Mann um den Hals gefallen.

Nun rückte eine gute Zeit in das Kleebinderhaus, mit ihr aber auch manches, worüber die Mutter nicht recht froh wurde, weil es neue Sorgen mit sich brachte.

Es war an einem Samstagabend, als Muckerl den Hügel hinter den Hütten herabkam. Er war in seinem Feiertagsgewand und kehrte von der Stadt heim.

Unter dem Arm trug er ein verschnürtes Päckchen, und sein Gesicht strahlte vor freudiger Erwartung.

Vorsichtig schaute er über den Zaun nach seiner Mutter aus, und als er sie nirgends um die Wege sah, machte er einen Sprung hinüber in den Nachbargarten und betrat durch die Hintertüre die Hütte der Zinshoferin.

Mutter und Tochter saßen eben beisammen in der Küche und schälten Rüben.

»Guten Abend beisammen,« grüßte er.

Der Gruß wurde erwidert.

»In der Stadt war ich heut und bin ein bißchen müd'. Ist's erlaubt, daß ich mich ein wenig setze?«

Das Mädchen wies mit der Hand, in der es das Messer hielt, nach der Kleidertruhe, die in der Ecke stand.

Muckerl setzte sich.

»Na, wie schaut's denn aus in der Stadt?« fragte die Alte ein wenig mürrisch.

»Recht schön,« entgegnete der Bursche. »Wie ich da die Leut' hab so gehen sehen in schönen Kleidern und Schuhen, weißt schon, Helen', da hab' ich just an dich denken müssen...«

»Warum gerade an mich?« lachte die Dirn.

Er wurde verlegen. »Ich hab' mir dabei halt vorgestellt, wie du darin aussehen müßtest, – und dann bin ich in ein Geschäft gegangen und hab ein Paar Schuh' gekauft für dich.«

»Für mich?«

»Ja, – und wenn die Zinsmutter damit einverstanden ist –, da sind sie,« stotterte er und streckte ihr das Päckchen hin.

»Du meinst also, dazu braucht es das Einverständnis der Mutter?« spöttelte das Mädchen. »Ob ich's will, das frägst du nicht!«

»Wie? Du willst sie nicht?« tat der Muckerl ganz erschrocken.

»Sie müßten mir ja auch passen. Gib her und laß schauen!«

Er reichte ihr das Päckchen, sie knüpfte es hastig auf und hielt dann die Schuhe in Händen. Eine Weile betrachtete sie sie recht begehrlich und hielt den einen davon probierend an ihre nackte Fußsohle. »Wahrhaftig! Die passen, und schön sind sie auch!«

Sie drehte die Schuhe in ihren Händen hin und her, – und plötzlich gab sie sie ihm wieder zurück. »Da nimm's wieder!«

Er war enttäuscht. »Warum denn? – Ich hab's ja für dich gekauft!«

»Lieber Muckerl, dafür danke ich dir, wirklich, aufrichtig dank ich dir. Aber, weißt schon, ohne Strümpfe kann ich sie nicht tragen, und die hab' ich nicht. Mit bloßen Füßen trete ich lieber auf der bloßen Erde als in Schuhen. Ich mag mich nicht auslachen lassen.«

Da setzte der Muckerl eine triumphierende Miene auf und griff in seine Joppentasche. »Meinst du, ich könnt' bloß von zwölf Uhr bis Mittag denken? Zu den Schuhen gehören auch die Strümpf'. Da!«

Er reichte ihr die dazu passenden Strümpfe.

Da schlug die Dirn die Hände vor Freude zusammen.

»Muckerl, du bist wirklich ein guter Bub'!«

»Ja, gut ist der Muckerl, das muß man sagen!« bestätigte die Alte und legte das Messer weg.

Das Mädchen legte nun die neuen Strümpfe und Schuhe an, hielt dann völlig ungeniert den Rock in die Höhe und betrachtete selbstgefällig ihre Füße. »Bis hierher wäre also die Prinzessin fertig, und von da ab fängt das Bettelweib an!«

Muckerl erhob sich. »Nur nicht verzagt sein, Helen'!« sagte er erfreut. »Das andere wird auch noch kommen. Aber jetzt muß ich gehen, sonst ängstigt sich die Mutter. Gut' Nacht, beisammen!«

Aber schon am nächsten Morgen kam Helene am Kleebinderhaus vorbeigelaufen und zeigte ihre neue Fußbekleidung vor. »Eine unsinnige Freud, hab ich daran,« rief sie. »Es ist ein ganz anderes Gehen. Ich dank' dir halt recht schön dafür, Muckerl!«

Die Kleebinderin warf ihrem Sohn einen unmißverständlichen Blick der Entrüstung zu.

Die Dirn lachte ein wenig boshaft und lief weiter.

Die Kleebinderin faltete die Hände. »Muckerl!« stöhnte sie. Mehr vermochte sie nicht hervorzubringen; die Überraschung hatte ihr die Stimme verschlagen.

Und sooft Muckerl an diesem Tag seiner Mutter begegnete, schüttelte sie nur vorwurfsvoll den Kopf.

Trotzig wandte er sich ab.

Eine Woche später, als der Muckerl wieder aus der Stadt heimkehrte, ohne diesmal etwas bei sich zu tragen, war Helene eine Weile aus dem Haus verschwunden gewesen. Und als sie plötzlich in die Stube schlüpfte, brachte sie ein großes Paket mit. Niemand hatte es

bemerkt, wie der Muckerl ihr es draußen vor dem Dorf ausgehändigt hatte.
Jetzt packte sie freudig und hastig die neuen Kleider und Wäschestücke aus und schaute unter den langen Wimpern herab auf die Herrlichkeiten.

Die alte Zinshoferin schlug ein über das andere Mal die Hände über dem Kopf zusammen. »Vom Muckerl?« fragte sie.

Das Mädchen nickte.

»Wofür hat er dir das gegeben?« Die Stimme der Alten nahm einen scharfen Ton an, aber der lauernde Blick und das gemeine Lächeln sahen nicht nach mütterlicher Strenge aus, sondern nach rüder Neugierde, die zu wissen verlangt, woran man sei.

Das Mädchen schaute stirnrunzelnd zu ihr auf. »Wofür? – Dafür, daß ich ihm auf der Straße freundlich begegne und daheim nicht die Tür weise. Sonst für nichts!« Sie lachte höhnisch auf. »Du mußt zu deiner Zeit ein recht dankbares Gemüt gehabt haben, weil du so fragen magst, Mutter!«

Die Alte schwieg jetzt und wandte sich ab.

In der Nacht aber vor dem Einschlafen drehte sich Helene im Bett nach der Mutter um. »Hör', ich hab' vergessen dir zu sagen, daß der Muckerl mich morgen ins Wirtshaus führen möchte. Das ist alles, was ich ihm für das Geschenk versprechen mußte.«

»Und du gehst hin?«

»Warum nicht? Wozu habe ich meinen Putz? Jetzt kann ich unter die Leut' gehen. Oder nicht?«

»Und am Montag wird es heißen, du seist dem Kleebinder-Muckerl sein Schatz!«

»Meinetwegen!« entgegnete die Dirn unbekümmert. »Mir schadet das Geschwätz nicht und ihm macht es Freud'. Und die gönne ich ihm.«

»So? Du gönnst sie ihm?« murrte die Alte. »Werde mir jetzt bloß nicht hochfahrig! Du magst dich zusammenrichten, wie du willst, deine Mutter ist immer noch das Bettelweib in Hadern!«

»Soll ich vielleicht den Muckerl gar bitten, daß er auch dich noch einkleiden soll?« höhnte die Tochter.

»Du bist auch nicht vor dem Bettel sicher, eingebildetes Ding, du! Nimm ihn doch, den Holzschnitzer, wenn du meinst, es sei dein Glück!«

In selbstgefälliger Eitelkeit, jedes Wort dehnend und singend, erwiderte das Mädchen: »Zuwarten und aufdrängen ist nicht meine Art, Mutter.« Sie befühlte ihre nackten, runden Arme, die sie auf der Bettdecke liegen hatte. »Mit solchen Armen braucht man bloß festzuhalten, was einem gefällt.«

»Du vergißt, daß man auch gehalten wird und nicht mehr loskommt!«

Das Mädchen kehrte sich der Wand zu und gähnte. »Pah! Man riskiert höchstens einen blauen Fleck!« –

*

Am Sonntagnachmittag saß die alte Kleebinderin recht einsam und verlassen bei geschlossener Tür am Fenster, schaute hinaus auf die Straße, auf der heut am Sonntag nur selten ein Mensch vorbeikam, und ließ den stillen Tag vergehen. Ihr Sohn war ins Wirtshaus gegangen, um sich mit den Burschen und dem jungen Volk zu treffen.

Als wieder einmal jemand auf der Straße ging, schaute die Kleebinderin von ihrer Flickarbeit auf. Zwei Frauen näherten sich ihrem Haus und betraten das Vorgärtchen. Voran ging die alte Matzner-Resl, ihr folgte ihre Tochter Sepherl. Sie wohnten am oberen Ende des Dorfes und kamen zum sonntäglichen Heimgarten.

Das Matzner Sepherl war eine heiratsfähige Jungfer, mittelgroß und sehnig gebaut; sie mußte schon von jung auf harte Arbeit tun. Sie hatte ein rundes, gutmütiges Gesicht, das nicht gerade schön war, denn sie machte eine Miene, als wäre sie dem Weinen nahe.

Als die Kleebinderin den Besuch kommen sah, ging sie ihm vor die Tür entgegen.

»Wir möchten nicht stören,« sagte die Matzner-Resl.

»Im Gegenteil, ich bin heut ganz allein,« erwiderte die Kleebinderin. »Mein Muckerl ist ins Wirtshaus gegangen.«

»Ich weiß ...«

Die Kleebinderin führte die Gäste in die Stube. »So, nehmt nur Platz!«

Man setzte sich und begann den Diskurs.

»Dich sieht man allmählich fast gar nicht mehr außer Haus, Kleebinderin,« begann die alte Resl.

»Ich komm' auch recht schwer ab. Weißt ja, der Mukkerl arbeitet daheim und da braucht es halt viel Nachräumen. Er schafft recht fleißig, und macht viel Unordnung. Heut wollt' er einmal ins Wirtshaus gehen, soll er auch: denn er hat es verdient die ganze Woche über.«

»Hast recht, Kleebinderin. Er ist ein braver Sohn und tut ja auch seiner Mutter alles Gute.«

»Ja, das tut er. Der liebe Gott mag es ihm lohnen!«

»Amen!« sagte die alte Resl und deutete dann nach der oberen Schublade eines breiten Wäscheschrankes. »Jetzt ist wohl auch wieder Geld da drin, wie man wohl seit Jahren nicht mehr so viel beisammen gesehen hat.«

Die Kleebinderin folgte der Weisung des Fingers, den die Resl erhoben hielt. »Ja, freilich ist eines drin, aber soviel, wie du meinst, wohl nicht. Wir müssen halt aus den harten Zeiten heut noch Schulden zahlen, und was das Arbeitszeug kostet, die Farben, das Werkzeug, die Fracht! Kannst mir's glauben, Resl, wenn die besten Freunde kämen, nicht einen Heller könnten wir ausleihen!«

»Meine liebe Kleebinderin, wer so gut weiß wie ich, was Sparen und Hausen heißt, um über schwere Zeiten wegzukommen, der setzt nicht die Freundschaft auf's Spiel. Darfst also nicht meinen, ich wollt' an deine Geldtruhe klopfen!«

»Das meine ich auch nicht; du hast immer deine Spargroschen auf der Seite gehabt.«

»Und du darfst auch nicht glauben, daß ich gar so viel bei dir vermute. Das Rechnen hab' ich noch nicht verlernt. Es ist wahr, ihr habt jetzt ein schönes Einkommen und der Muckerl ist recht fleißig, aber dafür will er halt ein bißchen ein Vergnügen haben, und das kostet Geld.«

»Ich kann nicht klagen, daß mein Muckerl viel Geld ausgibt.«

»Das sag' ich ja auch nicht, und ich versteh', daß er sein junges Leben genießen will und sich auch einmal mit seinem Schatz ins Wirtshaus setzt wie die anderen Burschen auch.«

Die Kleebinderin horchte auf. »Was? Mein Muckerl mit einem Schatz?«

»Freilich, und sauber ist die Zinshofer Helen', das muß man sagen… «

»Was? Mit der Zinshofer Dirn sitzt er im Wirtshaus?« fragte die Kleebinderin ganz empört.

»Und wie man hört, soll der Muckerl sie vom Kopf bis zum Fuß neu eingekleidet haben. Freilich, jetzt macht sie ihm keine Schand' mehr neben ihm; sie kann sich sehen lassen!«

Die Augen der Kleebinderin wurden immer größer. »Was sagst? Er hat sie vom Kopf bis zum Fuß neu eingekleidet?« Ihre Hand fiel schwer auf den Tisch, »Oh, der scheinheilige Patron!«

»Jesses!« rief jetzt die alte Resl. »Du weißt vielleicht gar nichts davon? Wie konnt' ich nur so unbedacht sein! Hätt' ich doch nichts gesagt!« Sie streckte die Hand nach der Kleebinderin aus. »Mußt mir nicht bös sein!«

Die Kleebinderin schüttelte den Kopf. »Ich hab' dir sogar dafür zu danken, Resl, daß es mir gesagt hast, bevor ich im ganzen Dorf zum Narren werde.«

»Es ist mir schon gleich nicht in den Kopf gegangen, daß dir das recht sein könnte. Ich weiß doch, du hast die Zinshoferischen nie leiden mögen.«

»Die Alte war früher ein Luder, und die Junge kann nicht viel besser werden. Wie kann der Bub' so gottvergessen sein!«

»Aber, mein Gott, ein schönes Dirndl ist halt die Helen'«, wandte die alte Resl ein.

Die Kleebinderin wies diese Art von Schönheit entrüstet von sich.

»Dein Muckerl ist ein braver und guter Bub',« fuhr die Matzner-Resl fort. »Aber du weißt selber, schön ist er nicht, da steht er weit unter der Zinshofer Dirn... «

»Meine liebe Matznerin, das ist ein dummes Geschwätz!« unterbrach die Kleebinderin ihren Besuch. »Für meinen Buben ist mir die Schönste gerade sauber genug. Aber die Zinshoferischen sind mir zu schlecht!«

»Verzeihst schon, Kleebinderin, aber jede Mutter hält ihr Kind für das schönste und beste. Das tut auch die Zinshoferin. Du magst deinen Buben so hoch halten wie du willst, aber auf's Kirchturmdach mußt du ihn nicht setzen; dort hin wird ihm kaum einer anderen Mutter Kind nachsteigen. Freilich, ein armes Dirndl wüßt' ich schon, das sich schon lange einbildet, er säße so hoch über alle anderen, und das ihn gern herunterholet, aber keine Leiter findet, die soweit hinaufreicht... «

Sie streichelte dabei über den Scheitel ihres Sepherl, und das Mädchen wurde feuerrot über das ganze Gesicht.

Die alte Matzner erhob sich. »Nun ich denk', wir hätten jetzt genug geredet, vielleicht sogar schon zuviel. Aber du weißt jetzt, woran du bist, Kleebinderin. Vielleicht kannst du's noch verhüten, daß ein Unglück daraus wird. Nichts für ungut – und gut' Nacht!«

»B'hüt' euch Gott – und kommt gut heim!« Völlig verwirrt begleitete die Kleebinderin ihren Besuch vor die Tür.

Auf der Straße fragte das Sepherl ihre Mutter recht unwillig: »Hast jetzt grad du ihm den Verdruß ins Haus tragen müssen?«

»Du Dummerl, du!« beschwichtigte die Alte und machte ein schlaues Gesicht. »Sollen wir andere zuvorkommen lassen? Die Kleebinderin soll wissen, daß wir auf gute Freundschaft halten, nicht meinetwegen, aber deinetwegen.«

Das Mädchen schüttelte unzufrieden den Kopf. »Morgen weiß er, daß wir es waren, die der Mutter es zugetragen haben, und dann schaut er mich mit keinem guten Aug' mehr an!«

»Bis jetzt hat er dich mit gar keinem angeschaut! Und wenn dir schon darum ist, dann doch lieber mit bösen Augen als mit keinem. Kommt Zeit, kommt Rat!«

Sie gingen am Bach entlang, von dem nun in der Abendkühle eine widerlich riechende Feuchte aufstieg.

*

Das Wirtshaus von Zwischenbühel lag am oberen Ende des Dorfes. Vor dem Haus, längs der Straße, befand sich die Kegelbahn, und wer in die Wirtsstube einkehren wollte, mußte an den lärmenden, hemdärmeligen Spielern vorbeigehen.

Als der Kleebinder Muckerl mit der Zinsdorfer Dirn herankam, blickten alle für eine Weile verwundert auf und unterbrachen das Spiel.

»He, Muckerl!« rief der Wirt. »Laufst heut doch einmal deinem Herrgottln davon?«

Muckerl sagte nichts, ging mit seiner Begleiterin an den Leuten vorbei ins Haus, dann durch den Gang hinaus in den Garten. Der Wirt folgte ihnen.

Im Garten war es schattig und kühl. An einem Tisch saßen zwei alte Bauern beisammen und an einem anderen ein Knecht mit einer jungen Dirn. Sonst war niemand da.

»Was soll ich bringen?« fragte der Wirt. »Einen guten Wein und Backwerk dazu? Wirst dich nicht spotten lassen, Muckerl!«

Versteht sich, daß der Muckerl sich nicht spotten ließ. Er bestellte das Beste.

»Sapralott!« rief einer der Burschen draußen auf der Kegelbahn. »Habt ihr's g'sehn, was die Zinshoferische für eine saubere Dirn geworden ist? An die kann keine mehr hin!«

Auf der Bank hinter dem langen Tisch, auf dem die Spieler ihre Krüge stehen hatten, saßen etliche Mädchen. Sie sahen zu, plauderten und achteten darauf, welchen Schub der Schatz der jeweiligen Dirn tat. Sie begleiteten also ihre Liebhaber bis zur Kegelbahn. Auch auf sie hatte die Zinshofer Helene einen wirksamen Eindruck gemacht, nur war er etwas anderer Art als bei den Burschen; denn sie rümpften jetzt halb spöttisch, halb neidisch ihre Nasen.

»Merkwürdig,« sagte der Wirtshannsl, übrigens seines Vaters beste Kundschaft. »Wie kommt's bloß, daß die Zinshofer Dirn bis heut von uns noch keinem aufgefallen ist. Herrgott, ist die sauber geworden!«

»Man hat sie ja nie richtig zu Gesicht kriegt,« sagte ein anderer. »Nicht auf dem Weg und nicht bei der Arbeit. Ihre Hütte liegt im untersten Zipfel des Dorfes, wo's ganze Jahr kein Mensch hinkommt.«

Ein stämmiger Bursche schlüpfte in seine Joppe. »Schiebt ohne mich weiter!« sagte er. »Ich schau mir doch die zwei Leutln von der Nähe an.«

Die Mädchen lachten. »Daß dich bloß nicht in den Muckerl verschaust!« spottete eines.

»Achtet ihr lieber darauf, daß euch keiner von euren Muckerln ausreißt!« erwiderte der Stämmige und lief dem Garten zu.

Er hatte recht, denn ein Bursche nach dem anderen stahl sich jetzt weg, und zum Schluß saßen dic Mädchen mit dem Wirtssohn allein da. Sie rückten zusammen wie Schafe, wenn es donnert, und der Wirtshannsl wußte, daß er für seine Treue die er ihnen hielt, bei jeder einen Stein im Brett hatte.

Die Mädchen wollten dann auch die von ihren Burschen widerfahrene Kränkung verdienen und stiegen sofort in die Neckerei des Wirtssohnes ein. Es gab ein Gelächter und Geschrei, das manchmal in ein grelles Aufkreischen ausartete. –

Man konnte den Kleebinder Muckerl im Ort ganz gut leiden, aber in besonderer Achtung stand er nicht, sie kam ihm auch gar nicht zu. Was der Bauer wertete, das waren Körperstärke, Arbeitstüchtigkeit auf dem Feld und im Stall und erwirtschaftetes oder überkommenes Geld. Das alles hatte der Muckerl nicht. Er war klein und schwächlich und war außerstande, auf dem Feld seinen Mann zu stellen. Sein einziges Glück war das Geschick seiner Hände, womit er zum Herrgottsschnitzer wurde und mit leichterer Arbeit sein Geld verdienen konnte.

Und nun möchte er gar noch vor allen mit der Schönsten vom Ort gehen...?

Der Stämmige, der sich zuerst herbeigeschlichen hatte, setzte sich ohne viel Umstände zum Muckerl an den Tisch, gönnte ihm ein paar kurze Reden und blinzelte der schönen Zinshoferin wohlwollend zu. Er ging auch gleich daran, ihr den Hof zu machen, nur mußte er dabei etwas zu vertraulich vorgegangen sein; denn als die anderen Burschen kamen, sahen sie ihn verdrossen und mit hochgeröteter Backe dasitzen. Die schöne Zinshoferin schien von keiner schlechten Handschrift zu sein.

Trotzdem setzten sie sich alle vor sie hin und glotzten sie an.

»Was wollt's denn?« fragte sie.

»Das Anschauen ist doch wohl erlaubt, Zinshofer Dirn?«

»Wenigstens ist es nicht verboten,« erwiderte sie.

»Könnt'st uns eigentlich einen Gefallen erweisen.«

»Und?«

»Möchtest verraten, wie man zum schönsten Dirndl werden kann?«

»Ich dank' für das Kompliment. Es ist mir leid, daß ich es nicht zurückgeben kann!«

»Macht nichts, auf die Schönheit der Burschen scheinst du nicht viel zu geben; das sieht man,« spottete der Bursche und deutete auf die jämmerliche Gestalt des Muckerl.

Da lachten alle Burschen laut auf, und zum Ärger der Helen' lachte auch der Muckerl mit.

Da saß sie nun, wie sie es gewollt hatte, unter Leuten – und wünschte sich weit weg davon. Sie hätte nicht mit dem Muckerl gehen dürfen! Morgen hieß es im ganzen Ort, sie sei sein Schatz. Und wie der Muckerl den Spott hinnahm! Er konnte dazu sogar lachen, statt daß er über den Tisch einschlug und sich die gemeinen Reden verbat.

Diese Gedanken schossen ihr durch den Kopf, während sie die fortdauernden Sticheleien der Burschen zungenfertig zurückgab.

Aber es sollte noch schlimmer kommen; denn plötzlich packte einer am Nebentisch eine Zither aus. Sie wußte, was das zu bedeuten hatte, und gegen Trutzlieder war sie wehrlos, da konnte sie nicht hinausgeben.

Und dann hub auch schon einer an:

»Beim Hergottlmachen
Beim Heiligenschnitzen
Tu' ich mich d'ganz' Wochen
Krumm und bucklig sitzen.«

Darauf ein anderer:

»Ich kenn' ein jed's Faderl,
Jed's Maserl im Holz –,
Und 's allerschönst Maderl,
Das wär' halt mein Stolz!«

Und dann kam der Stämmige an die Reihe:

»Spannst du dich mit der Schönsten z'samm,
Gib, Herrgottsschnitzer, acht,
Am End', da hätt'st damit erst dann
Ein' Herrgottsschnitzer g'macht!«

Das hatte gezündet. Ehe das stürmische Gelächter abflaute, hatte die Zinshofer Helen' den Muckerl an der Hand gepackt und war mit ihm dem Ausgang zugeschritten.

»Hoho!« schrien ihnen die Burschen nach. »Warum lauft ihr denn davon, jetzt, wo es erst lustig wird!«

Sie gingen weiter. Der Muckerl schmunzelte, denn er glaubte, daß ihn die Burschen nur um das schöne Mädchen neideten. Helene aber fühlte sich ausgelacht, weil sie mit diesem Jämmerling ging, der weder die Hand noch den Mund zu gebrauchen wußte. Ihr Gesicht glühte vor Wut.

Als sie das Wirtshaus verlassen hatten, ließ sie seine Hand los und trat von ihm zurück.

»Warum?« fragte er und merkte plötzlich ihre Zurückweisung.

Sie antwortete nicht. Schweigend gingen sie weiter.

Bei seiner Hütte angelangt, sagte sie kurz: »Gut' Nacht!« und übersah die Hand, die er ihr entgegenhielt.

Dann lief sie weg.

Er stand da und hörte noch die Türe ihres Hauses knarren, ein paar keifende Worte der alten Zinshoferin, die auf die Tochter gewartet hatte. Dann war es still.

Am Himmel leuchteten die Sterne, hinter den Hügeln kam die Mondsichel herauf. In der Ferne schlug ein Hund an, und leise gurgelte der Bach.

Seufzend wandte Muckerl sich ab und schritt seinem Häuschen zu. –

*

Als Muckerl die Schlafkammer betrat, richtete sich die Kleebinderin in ihrem Bett auf.

»Du bist noch wach, Mutter?« fragte er.

»Ja,« entgegnete sie kurz.

»Wie kommt's? Es ist doch schon spät!«

»Ich denk', weil ich halt nicht schlafen kann. – Hast dich heut gut unterhalten?« Man merkte ihrer Stimme den verhaltenen Ärger an.

»Hm, – es geht.«

»Warst allein?«

Darauf blieb er die Antwort schuldig.

»Ob du allein warst, frag' ich!« Jetzt wurde sie lauter. »Drückt dich jetzt doch das Gewissen, du falscher, hinterhältiger Bub', du? Traust dich wohl nicht heraus mit der Sprache? Meinst vielleicht, es sei besser, wenn fremde Leut' mir die Schmach zutragen?«

Muckerl drehte sich heftig herum nach ihr. »Ah! Mischen sich schon welche ein?«

»Mit der Zinshofer Dirn bist fortgewesen! Gesteh's doch!«

»Nunja, dann war ich halt mit ihr fort.«

»Leider Gottes, ja, wär es eine andere...«

»Mir steht keine andere an.«

»... kein Wort verlieret ich, aber grad die!« jammerte die Alte.

Er warf ihr einen trotzigen Blick zu. »Ich weiß, Mutter, du kannst sie nicht leiden, hast schon mehr als ein Wort darüber verloren und fängst zu nächtlicher Stunde noch zu streiten an. Ich aber will nicht den Schlaf versäumen, weil ich morgen früh wieder an die Arbeit will. Also – gut' Nacht!«

»Aha! Der Mutter den Mund verbieten und ihr aus dem Gesicht gehen, das hast du also von dem Frauenzimmer bereits abgelernt. Meinst du, daß dir das einen Segen bringt?«

»Jesses! Was du dir nicht alles einbildest! Gott soll mich strafen, wenn von dir auch nur ein Wort gesprochen wurde. Ich will nichts als meine Ruh', weil darüber mit dir doch nicht ruhig zu reden ist! «

»Ja, weil du nicht ruhig zuhören kannst!« erwiderte sie aufgebracht. »Ich glaub' dir recht gern, daß sie über mich kein Wort verloren hat; sie bringt es auch ohnedies zustande, dich deiner Mutter abwendig zu machen, sie hat es ja auch fertiggebracht, daß du ihr zuliebe über deine Kräfte Geld ausgibst!«

»Das war mein freier Wille!« murrte er.

»Als ob du noch einen freien Willen hättest!«

»Und über meine Kräfte war es nicht, Mutter!«

»So? Hast du es so überflüssig? Das ist mir recht lieb. Aber wenn du schon etwas Gutes tun willst, dann gib dein Almosen an bedürftige Leute, die es verdienen!«

»Es war kein Almosen!«

»Freilich nicht, es war halt ein Geschenk, und du hast wohl noch recht schön bitten müssen, daß es überhaupt angenommen wurde. Ich weiß, die Zinshoferischen sind stolz, obwohl keiner im Ort ist, der so arm ist wie sie.«

»Aber Mutter!« schrie Muckerl krebsrot vor Ärger. »Es ist wahrlich zum Verzweifeln, wie du daher redest! Erst soll ich es an Bedürftige geben, und dann weißt doch niemand im Ort, der so arm wäre wie die Zinshoferischen. Du redest ja einen Unsinn!«

»Ist schon recht, Muckerl: Heiße du die Reden deiner Mutter nur unsinnig! Habe ich nicht gesagt, du sollst es an Leute geben, die es verdienen? Verdreh' also nicht alles!«

»Ach, hör' jetzt auf, Mutter! Du redest fort und fort und darüber wird der Morgen. Ich hab' schon gesagt, ein Almosen war es nicht, sondern ein Geschenk, und von dem Meinigen werde ich doch noch weggeben dürfen, was ich entbehren mag!«

»Sag' lieber, was andere nicht entbehren mögen an schönen Schuhen und vornehmen Kleidern!«

»Jedenfalls ist es von meinem Geld gekauft. Und wenn

es dir andere nicht zugetragen hätten, würdest du gar nichts davon merken. Drum mache kein so gewaltiges Aufheben. Die Schrankschublade hast du früher zehnmal umkehren können, es wäre doch kein lausiger Kreuzer mehr herausgefallen – bis ich mit dem Schnitzen angefangen hab'; alles Geld, das jetzt im Haus ist, rührt von meiner Arbeit her, und von dem hab' ich dir nichts genommen und nimm dir auch nichts. Und drum meine ich, könntest dich zufriedengeben, Mutter!«

»Zufriedengeben?« wiederholte die Kleebinderin mit weinerlicher Stimme. »Bin ich denn eine schlechte Mutter, die ihrem Kind keine Freude gönnt und verlangt, daß es sich zu Tode arbeitet, daß du mir das Geld vorwirfst? Hast du mich je einmal klagen gehört, als ich alles noch allein hab' schaffen und sorgen müssen, daß wir uns ehrlich fortbringen? Was weißt du von der Mühe und Plage, die es mich gekostet hat, um die Not von unserem Haus fernzuhalten? Und jetzt tust du groß mit deinem Geld, mit dem ich mich zufrieden geben soll, auch für die Kränkung, daß zwischen uns eine Fremde steht, mir die Allerunliebste, die du hast finden können! Nein, Muckerl, gegen das kommst du mit deinem Geld nicht auf! Und wenn du sagst, daß du mir nichts davon nähmest, so antworte ich dir: Sei ohne Sorge, ich nehme dir nichts weg, keinen Groschen! Bin ich dir im Weg, so geh' ich. Konnte ich die Jahre her den Unterhalt für zwei bestreiten, so werde ich mich mit Gotteshilfe auch allein fortbringen.«

Sie schluchzte in die Kissen.

Muckerl streckte ratlos die Hände gegen die Mutter aus. »Ich bitt' dich, sei doch g'scheit! Verfalle nicht auf

Gedanken, die einen völlig verzagt machen können! – Was kann ich denn dafür, daß mir gerade dieses Mädchen gefällt? Ich kann mir kein größeres Unglück denken, als die Helen' zu verlieren; ohne sie gibt es für mich keine Freud' mehr auf der Welt! Ich habe mich lange genug gegen diese Einsicht gewehrt, nicht bloß, weil du mich davor gewarnt hast, sondern weil ich selbst weiß, daß ich schlecht zu ihr passe, sie ist schön, und ich? Ja, sie hat ihre Fehler, sie ist eitel, unwirtschaftlich und trotzig. Das aber könnte alles gut werden, wenn sie einmal von ihrer Mutter weg und immer um dich wäre. Bei dir könnte sie viel dazulernen. Und dann wirst du sie, das weiß ich, mir zuliebe auch leiden können, Mutter!«

Die Alte seufzte. »Jaja, was du nicht kannst, soll die Mutter fertig bringen. So sind die Kinder! Von ihrem ersten Schrei an, hat die Mutter ihnen nachzugeben. Und dann ist es nur eine kurze Zeit, in der sie folgsam nebenhergehen, dann fangen die Sorgen wieder an und sie werden größer und größer. Schlaf' jetzt, Muckerl. Gut' Nacht!«

»Gut' Nacht, Mutter!« Der Bursche zog tief aufatmend die Decke an sich.

Er schlief schon fest, als die Kleebinderin immer noch ihren Gedanken nachging. Oder stellte er sich nur so? Immer noch raschelte sein Bett.

Wozu war nun dieses leidige Gezänke? Warum will ich Heu gegen den Wind häufeln? fragte sie sich. Freilich, die alte Zinshoferin war keine achtbare Person, aber mußte die Tochter ihr nachgeraten? Wie oft haben kreuzbrave Eltern schlimme Kinder! Es könnte ja auch einmal umgekehrt sein, daß von schlechten Eltern gute Kinder kommen. – Und der Muckerl wird bestimmt ein braver Mann sein, er wird die Helen' führen und lenken, so daß sie ein ganz braves Weib abgeben kann.

Ja, daran hätte sie denken sollen, ehe es zu dem Streit kam!

»Muckerl!« sagte sie halblaut. »Schläfst schon?«

»Nein, Mutter.«

»Ich hab mir gerade gedacht, wir werden dem Gerede der Leute und der Zutragerei ein Ende machen. Wie wär' es, wenn wir die Zinshoferischen zu uns einladen wollten?«

Muckerl war wohl zu überrascht, um eine Antwort geben zu können.

»Wenn es dir recht ist, dann bitt'st du sie am nächsten Sonntag herüber.«

»Jawohl, Mutter.«

Mehr sprachen sie nicht mehr. –

*

So fanden sich also die vier Leute am Sonntagnachmittag im Kleebinderhäusel zusammen. Die beiden Mütter saßen sich gegenüber und sagten sich weder Liebes noch Leides, sie sprachen vom Wetter und vom Wirtschaften, die Kleebinderin, ihrer Überlegenheit bewußt, redete ein Langes und Breites, und die Zinshoferin, öfter verstohlen gähnend, gab darauf nur knappe Antworten.

Helene verhielt sich still und respektvoll, blickte zumeist vor sich nieder, um nicht den Augen Muckerls begegnen zu müssen, der sie unverwandt anschaute. Er war der einzige, der sich nicht langweilte, weil er restlos zufrieden und glücklich war.

Vom nächsten Tag an galt es im Dorf für ausgemacht, daß die schöne Zinshofer Helen' die Frau des Bildschnitzers werde. Es hatte also doch seine Richtigkeit, was man zuvor schon gemunkelt hatte.

Aber der Nachbardirn eilte es schon gar nicht damit, sich bei der Mutter Muckerls einzuschmeicheln. Sie änderte ihr Verhalten nicht, auch nicht dem Muckerl gegenüber, den sie in seiner Neigung weder ermutigte noch ernüchterte. Sie verstand sich zu keiner Bitte und zu keinem Dank, und einem weniger Gutmütigen hätte sie sicher das Schenken verleidet.

Waren die Kleider oder die Schuhe abgetragen, so sagte sie zum Muckerl nur: »Schau bloß, wie schnell das kaputt geht! Es sind doch betrügerische Leute, die so etwas verkaufen, und du läßt dir auch jede schlechte Ware aufhängen.« Oder wenn es sie nach einem Schmuckstück oder dergleichen verlangte, dann fragte sie: »Meinst nicht, daß das schön wäre für mich?«

Der Muckerl suchte bessere Ware und schaffte auch manches Schmuckstück für sie herbei.

Aber ins Wirtshaus ließ sie sich nicht mehr von ihm führen. Er tauge eben nicht unter die Leute und darum sei es schwer, mit ihm dorthin zu gehen. Am Kirchtag aber, – das verspräche sie ihm, – ginge sie mit ihm auf den Tanzboden.

»O du mein Gott!« klagte die Kleebinderin. »Die Dirn hat einen Stolz, wie ich nie geglaubt hätte, und je mehr der Bub sich duckt, desto stolzer tut sie und ist er mit allem zufrieden!«

Jawohl, der gute Muckerl war mit allem zufrieden. Er liebte den Stolz an ihr. –

*

Helen' hatte unter den Mädchen wenig Umgang. Nur mit dem Matzner Sepherl traf sie sich zuweilen. Die Harthändige mit den wundernden Augen wußte sich bei ihr einzuschmeicheln; sie pries so rückhaltlos die Schönheit der Kameradin, und anderseits wußte sie den Muckerl nicht genug zu loben und fand es ganz richtig, daß die Schönste vom Dorf sich nicht mit keinem Bauernburschen, sondern mit einem Kunstfertigen zusammentat.

Das Matzner Sepherl teilte auch mit der Zinshofer Helen' die neidische Bewunderung des Sternsteinhofes, während alle anderen da unten am Fuß des Hügels mit dem gottgewollten Unterschied zufrieden gaben und von keinen Märchen und Wunschtütchen träumten.

Sepherl war schon einige Male auf dem reichen Hof gewesen, sie hatte dort eine alte Base, die seit dem Tod der Bäuerin, dem Hauswesen vorstand. Diese Base tat sich nicht wenig auf ihre bedeutsame Stellung zugute und ließ sich bei günstiger Gelegenheit gerne dazu herbei, das eine oder andere Dorfkind auf den Sternsteinhof einzuladen, um es von dem Reichtum zu verblüffen.

Auf den nächsten Sonntagnachmittag hatte sie das Sepherl wieder eingeladen. Die Herrenleute waren nicht da, es war also niemand um die Wege, der sich daran stoßen könnte.

Sepherl lief zu Helene und überredete sie zum Mitkommen, was ihr keineswegs schwer fiel, denn die Zinshoferdirn hatte längst schon darauf gewartet.

Es war ein sonniger Herbstnachmittag, an dem die beiden Mädchen in Begleitung Muckerls längs des Baches bis zur Brücke schritten, über die der Weg zum Sternsteinhof führte.

»Also – b'hüt' dich Gott, Muckerl,« verabschiedeten sich die Mädchen von ihm, denn er war nicht geladen, und ihn so mitzunehmen, wäre eine Unhöflichkeit gewesen.

»Ich wünsch' euch halt eine gute Unterhaltung!« erwiderte der Muckerl und lehnte sich an das Brückengeländer. Er schaute den Mädchen nach, die jetzt flinkfüßig gegen den breiten Hügel anstiegen.

»Wirst sehen, Helen', wie schön es da oben ist!« keuchte Sepherl und hatte Mühe, mit der Begleiterin Schritt zu halten. »Du wirst ganz weg sein darüber!«

Helene lächelte schweigend vor sich hin und nahm sich vor, nicht »ganz weg zu sein«!

Die alte Wirtschafterin empfing die beiden jungen Mädchen mit herablassender Freundlichkeit, bewirtete sie mit einer Schale Kaffee, ein seltenes Getränk für die Leute von da unten; das sollte die richtige Stimmung hervorrufen, denn leerer Magen macht trübe Augen.

Dann ging es an das Umschauen auf dem prächtigen Hof.

Für Sepherl war es nicht neu, sie tat nur verwundert, um die ehrgeizige Frau Bas' bei guter Laune zu halten, aber Helene hatte noch nie so etwas gesehen. Man ging zunächst von Stube zu Stube und dann durch die Wirtschaftsgebäude, vorbei an den Gärten und Maschinen, in die Scheunen mit den aufgehäuften Vorräten. Sie standen im Geflügelhof, wo Hunderte von Hühnern girrend und krähend herumflatterten, sie betraten die Stallungen, wo eine große Herde prächtigen Viehes stand, wie man sie nie in solcher Zahl beisammen sah.

Zum Schluß stiegen sie noch hinauf zum Oberstock des Hauses. Was es da alles an Reichtum gab, überstieg die Begriffe der einfachen Mädchen. Sie schauten auf den reichen Vorrat von Leinen, Wäsche und Kleidern, als die Wirtschafterin die schweren und großen Schränke aufschloß. Und als das reiche Geschirr und Silbergerät zum Vorschein kam, stießen sie einen Schrei der Bewunderung und Verzückung aus. Sogar eine eiserne Geldkasse war da, an die weder ein Dieb noch ein Feuer heran konnte.

Alles in allem war es ein Bild von Macht und Herrlichkeit.

Fast gedrückt und verschüchtert folgte Helene der alten Schaffnerin hinaus in den Garten, wo ihnen zum Überfluß noch ein Gläschen Wein eingeschenkt wurde. Und hier von der Rebenlaube aus hatte man noch einen Blick auf die weiten Liegenschaften, die alle zum Sternsteinhof gehörten.

Hierauf entließ die Wirtschafterin recht stolz und herablassend die beiden Mädchen, die nun lange schweigend nebeneinander hergingen, jedes in seinen eigenen Gedanken.

Dann blieb Helene stehen und schaute sich noch einmal nach dem Sternsteinhof um. »Wahrlich, Sepherl, man kann weg sein davon!«

»Gelt, ja?«

»Denk' bloß, die, welche einmal den Sohn vom Sternsteinhofbauern kriegt... ! Er hat nur den einen!«

»Ja, den Toni.«

»Die den einmal kriegt und da droben zu sitzen kommt, die hat es wahrlich wie eine Prinzessin!« rief die Zinshoferische.

»Brauchst keine zu neiden. Es kommt doch bloß eine reiche Bauerstochter hinauf, und die ist es gewöhnt. Freilich, so arme Schlucker wie wir, die meinen, es müßt der Himmel auf Erden sein, kommt da nicht hin.«

»Schwerlich,« bestätigte Helene.

»Überhaupt nicht, sag' ich dir! Du weißt nicht, wie stolz alle zwei sind, der alte und der junge Bauer. Es ist keine Dirn im Dorf, die der Toni des Grüßens für wert findet!«

»Das geschieht ihnen recht. Von mir krieget er eben keinen Gruß!« rief Helen entrüstet.

»Und wenn er sich wirklich unterstünde, auf unsereine ein Auge zu werfen, dann schlüge ihm sein Vater alle zwei aus dem Kopf!«

Helene lächelte schalkhaft. »Geschähe das wegen mir, dann würd' ich auch den blinden Toni nehmen.«

»Pfui! Wie du daherreden magst! Du hast ja deinen Burschen, auf den du stolz sein kannst! Der Toni, so reich er auch ist, er bleibt ein Bauer. Der Muckerl aber ist ein Künstler! Dazu ist der hochmütige Sternsteinler –, wenn ihn je einmal von der Nähe sehen solltest, mußt mir recht geben –, keineswegs der Schönste und Stärkste. Dein Muckerl kann wenigstens etwas, und er ist gut und brav!«

»Schau' bloß, was du alles über ihn weißt!« lachte Helene. »Du machst mich bald eifersüchtig, denn es hat wahrlich den Anschein, als ob du in den Muckerl verliebt wärest!«

Sepherl wandte ihr errötendes Gesicht ab. »Geh' zu, sei doch nicht töricht!«

»Wenn es nicht wahr ist, dann brauchst ja nicht so rot zu werden!« neckte die Zinshoferische; es machte ihr Spaß, sich von der Freundin beneidet zu sehen. Sie schlug ihr derb auf die Schulter. »Sei nicht trotzig, Sepherl! Wenn dir schon soviel am Muckerl gelegen ist, dann gib mir ein gutes Wort, und ich laß' ihn dir!«

»Hast du auch nur einen Laut von mir gehört, der dir das Recht gibt, solche Reden gegen mich zu führen?« zürnte Sepherl, »Du weißt selbst recht gut, daß der Muckerl keine andere will wie dich, und mich zu allerletzt. Und weil du das weißt, möchtest du mich verspotten. Aber dafür halte ich mich noch alleweil zu gut!«

Helene lachte. »Bist du aber empfindlich! Darf man denn keinen Spaß mehr machen? Im Ernst aber sage ich dir, Sepherl: Vermöchte ihn eine andere nur am kleinen Finger zu fassen, ich würde ihn ihr schon nicht mehr streitig machen!«

Ja, so siegessicher konnte die Zinshofer Helen' reden. Sie wußte, daß sich mit ihr keine messen konnte.

Sie kamen zum Bach hinab. Der Muckerl stand immer noch auf der Brücke und wartete auf sie.

*

Schon am nächsten Morgen fand sich die Zinshofer Helen' auf dem Sternsteinhof ein. Sie lief der alten Wirtschafterin in die Hände.

»Was machst denn du schon da?«

Helene lächelte ihr zu und deutete an ihr rechtes Ohrläppchen. »Ein Ohrring ist mir verlorengegangen und ich kann ihn nicht finden. Ob ich ihn wohl hier bei euch heroben verloren hab?«

»Gesehen habe ich nichts.«

»Vielleicht kommt er dir unter...«

»Ich will schon darauf achten.«

In diesem Augenblick kam ein untersetzter, stämmiger Bursche über den Hof auf sie zugeschritten.

Helene betrachtete den Herantretenden sehr aufmerksam. Er hatte dunkles, krauses Haar, eine gerade, ziemlich fleischige Nase und braune, helleuchtende Augen. »Das ist wohl euer Bauerssohn? « fragte sie.

Die Alte nickte.

Als er herangekommen war, erwartete die Dirn von ihm keinen Gruß, sie grüßte ihn auch nicht; sie wußte ja von der Sepherl, wie stolz der junge Sternsteinhofer war.

Sie sahen sich nur an.

»Wen hast denn da heut schon bei dir, Kathel?« fragte er die alte Magd.

»Das ist die Zinshoferdirn von drunten,« entgegnete die Alte. »Sie war gestern mit dem Matzner-Sepherl da bei mir. Mit lauter Schauen hat sie ihr Ohrringlein verloren.«

Helene nickte.

»Hoffentlich hat es dir bei uns gefallen,« lachte der Bursche.

»Ja, es ist recht schön.«

»Kannst ja öfter kommen.«

»So? Du bist aber gutmütig,« lachte die Dirn keck. »Du denkst dir wohl, mit den Augen kann keines etwas wegtragen.«

»Hm, wer weiß? Daß eine und andere könntest du einem schon abbetteln.«

»Meinst?« scherzte das Mädchen und schaute ihm voll in die Augen. »Aber das Betteln liegt mir nicht, und was man mir anträgt, nehme ich nicht gleich freiweg.«

Sie wandte sich an die Alte. »Also, wenn du das Ohrringl zufällig finden solltest, dann sei so gut und bewahr' mir's auf. Das eine nützt mich nichts ohne das andere, außerdem ist es ein Geschenk.« Sie hielt der Alten das linke Ohr hin. »So schaut es aus. – Und jetzt – b'hüt' Gott miteinander!«

Ohne sich noch einmal umzuschauen, lief sie flinkfüßig davon.

Der Bursche blickte ihr nach und stieß einen leisen Pfiff durch die Zähne. »Die scheint ein wenig hoffärtig zu sein,« sagte er.

»Ich mein's auch,« erwiderte die Alte.

»Aber bildsauber ist sie, das muß man sagen.«

»Sie geht mit dem Kleebinder Muckerl,« klärte die Alte den Bauerssohn auf.

»Mit dem kümmerlichen Herrgottsschnitzer? – So, so.«

Als Helene daheim ankam, keifte ihr die alte Zinshoferin entgegen: »Ich möcht' bloß wissen, wo du in aller Früh schon herumzustreunen hast!«

»Im Sternsteinhof droben war ich. Ich muß dort gestern ein Ohrringl verloren haben.«

»Eine Gans bist du!« schimpfte die Alte. »Schau zuerst im Haus nach, bevor du bis zum Sternsteinhof hinaufrennst! Dein Ohrring liegt in der Tischschublade, vorhin hab' ich's entdeckt.«

»Du lieber Himmel! Wie kommt der Ohrring dorthin?« Sie riß die Schublade heraus. »Richtig, ja das ist er! Da bin ich froh, – und den Gang zum Sternsteinhof hätt' ich mir ersparen können.«

Die Alte murrte etwas Unverständliches und wandte sich ab.

Das Mädchen aber lächelte bedeutungsvoll vor sich hin. –

Es war nach dem Mittagessen, als der Toni vom Sternsteinhof ins Freie trat und querfeldein über die große Wiese hinabschritt. Einem anderen wäre das übel bekommen, so das liebe Gras in den Boden zu treten. Aber der Toni war der künftige Herr und Gebieter. Wer sollte es ihm wehren? Nicht einmal der Vater tat es, wenigstens nicht vor den Leuten. Er war viel zu stolz auf seinen »Einzigen«, um ihn zu blamieren, so streng er sonst war.

Das wußte der Toni, deshalb stiefelte er unbedenklich durch das hohe Gras, paffte den Rauch aus seiner Pfeife in die Luft und schmunzelte vor sich hin.

Er mochte etwa zwei Drittel des Weges zum Bach hinab zurückgelegt haben, als er drunten an der letzten Hütte, die er nicht aus den Augen ließ, die Tür aufgehen und Helene heraustreten sah. Sie schwenkte ein Wäschestück in der Hand und setzte vorsichtig Fuß vor Fuß auf die ausgetretenen Stufen, die zum Bach hinabführten. Dann bückte sie sich, versenkte den runden, vollen Arm in das Wasser und wusch das Leinenzeug.

Toni setzte langsam seinen Weg fort, kniff die Augen

zusammen und zog den Mund breit. Er erreichte den Bach und stellte sich lauernd hinter eine verkrüppelte Weide, von wo aus er die junge Wäscherin aus nächster Nähe betrachten konnte.

»Pst! Pst!« machte er.

Das Mädchen schien daran heftig zu erschrecken, stieß einen unterdrückten Schrei aus und drückte die Hände gegen die Brust. Dabei wäre ihr fast das Wäschestück entglitten, wenn sie nicht schnell die Fußspitze darauf gesetzt hätte.

»Hast du mich jetzt erschreckt!« rief sie und äugte zu ihm herüber.

Der junge Sternsteinhofer schmunzelte. »Geh' zu! Du hast die Wiese doch breit genug vor deinen Augen, daß du mich schon lang hast kommen sehen!«

Helene zog die Brauen zusammen und beugte sich wieder zum Wasser nieder, als wollte sie sagen: Was gehst denn du mich an!

Nach einer Weile flüsterte er: »Du, ich hätte mit dir etwas zu reden.«

Sie schwenkte das Linnen, drehte es zusammen und rang es aus. Erst als sie sich erhoben hatte, wandte sie ihm ihr Gesicht zu. »Ich kann mir nicht denken, was du mir zu sagen hättest. Und ich bin auch nicht neugierig darauf.« Damit wollte sie gehen.

»Dann laß' es eben bleiben!« murrte er, drehte sich herum und ging den Weg zurück. Als er sich aber noch einmal nach ihr umwandte, sah er sie an der Tür der Hütte. Auch sie blickte ihm noch einmal nach und zwar mit großen, herausfordernden und abgründigen Augen. Dann fiel die Tür hinter ihr zu.

Er ging weiter, schob den Hut in den Nacken, versenkte die Hände in die Hosentaschen und machte ein verdrossenes Gesicht.

»So eine hoffärtige Gans!« murrte er. –

Wenn auf dem langen Tisch in der Gesindestube des Sternsteinhofes die Schüsseln dampften, trat der Bauer hinzu und sprach mit lauter Stimme das Tischgebet, Knechte und Mägde murmelten es nach. Er begann auch mit dem Essen, und wenn alle mit ihren Löffeln in der Schüssel waren, legte er den seinen weg, denn für ihn und seinen Sohn war ja in der guten Stube der Tisch gedeckt, so wie es sich gehörte für Leute seines Standes.

Aber er blieb noch bei seinen Dienstboten, bis gegessen war, um auch noch die Danksagung mit ihnen zu sprechen.

So war es auch am Abend.

Vater und Sohn hatten zur Nacht gegessen, und die alte Kathel trug das Tischgeschirr ab.

Dann waren sie allein.

Der Sternsteinhofbauer war, trotzdem er bereits mit etwas vorgebeugtem Oberkörper ging, um einen halben Kopf größer als sein Sohn, er war auch beträchtlich schwerer. Ein großer Kopf mit breiter, etwas niedriger Stirn saß auf einem flachsigen Stiernacken.

Jetzt beugte er sich zur Tischkante vor und äugte mit emporgezogenen Brauen nach seinem Sohn. »Du bist mir schon ein rarer Vogel, du!« sagte er mit seiner tiefen, polternden Stimme.

»Warum?«

»Du weißt schon, was ich meine, und daß ich dein duckmäuserisches Gefrage nicht leiden kann, das weißt du auch! Glaubst du, ich hätt' es nicht gesehen, wie du heut die ganze Wiese hinab und herauf getrampelt bist. Noch ist der Grund und Boden hier immer noch mein, und es ist mein Gras, das du zusammentrittst. Dagegen möcht' ich mich aber verwahren! Verstanden? – Ich seh' schon, du bist noch lange nicht reif, daß man dir den Hof übereignen könnt', und es ist eine Gnade vom Himmel, daß ich noch so beieinander bin, um der Wirtschaft vorstehen zu können. Laß' es dir also nicht eilen mit der Verheiratung; ich übergebe noch nicht. Noch lange nicht! Ich will nicht aus meinem Austragstübl zuschauen, wie du alles verwirtschaftest! So geht es nämlich an, wenn man über Felder und Wiesen trampelt und Gottes Segen niedertritt. Hast mich verstanden?«

Der Toni saß da und schwieg bockig.

Der Alte schlug mit der Faust auf den Tisch. »Ja, da sitzt er nun da, der Lümmel, und man redet bei ihm an einen Stock! – Dann sag' mir wenigstens, was denn eigentlich da drunten zu suchen gehabt hast, daß du querfeldein durch's Gras latschen mußt!«

»Freigestanden, eigentlich nichts, Vater. Es war eine Unbesonnenheit.«

»Eine Unbesonnenheit! Bis zum Hals herauf hab' ich schon deine Unbesonnenheiten!« polterte der Alte. »Das ist immer deine Ausrede. Komm' mir bloß nimmer damit!«

»Es soll nimmer vorkommen, Vater.«

Der Alte erhob sich. »Ich will's hoffen, sonst müßt'ich dir einmal mit dem Ernst kommen!«

»Es wird nicht notwendig sein, Vater.«

Der Bauer zog seinen Kopf zwischen die breiten Schultern ein und ging der Tür zu. Er murrte irgend etwas Unverständliches.

Toni schaute ihm schmunzelnd nach. »Gut' Nacht, Vater!«

Der Bauer ging nach seiner Schlafkammer, die nichts enthielt als ein Nachtkästchen, einen Stuhl und ein Bett mit eisernem Gestell; da hält sich kein Ungeziefer, und auf Strohsack, Roßhaarpolster und unter rauher Decke schläft es sich am gesündesten. Das hatte dem Sternsteinhofer einer versichert, der sein ganzes Leben bei den Soldaten gewesen ist und trotz ausgestandener Strapazen hundert Jahre alt wurde. Soweit wollte es der Sternsteinhofer auch bringen. Es fiel ihm noch lange nicht ein, in den Austrag zu gehen und dem Sohn zu weichen.

Das hätte der Toni wissen sollen; dann wäre ihm wohl das Schmunzeln über seinen nachsichtigen Vater vergangen. –

*

Der Sohn des Sternsteinhofbauern lehnte am Tor der Scheune und rauchte sein Pfeifchen. Er schaute hinab auf die Hütte des Kleebinder Muckerl, der gerade mit einem Tagwerker eine große Kiste aus dem Haus trug und auf einen Schubkarren verlud. Unter der Tür der Nachbarhütte erschien die Zinshofer Helene und schaute den beiden zu.

Und als der Tagwerker in die Hände spuckte und nach den Schubkarrengriffen langte, um die Kiste wegzufahren, ging der Muckerl auf die Nachbarmaid zu, reichte ihr die Hand –, und dann folgten beide dem Karrenschieber die Dorfstraße hinauf.

Helene war barhaupt, sie schien den Muckerl nur ein Stückweit zu begleiten.

Das alles beobachtete der Toni von der Höhe aus. Kurz und hastig zog er an seiner Pfeife und schaute unentwegt dem ungleichen Paar da drunten nach, bis ihre Gestalten kleiner und kleiner wurden und schließlich seinen Blicken entschwanden.

Dann schaute er sich in der Umgebung um, und als er niemand in der Nähe bemerkte, machte er sich eilig davon, lief den Hang hinab bis zur Bachbrücke und lehnte sich an das Geländer an.

Hier wartete er, bis die Dirn zurückkam.

Er hatte sich nicht getäuscht; sie kam wirklich allein die Straße herauf.

Er suchte ihr zu begegnen. »Grüß dich Gott, Dirn!«

»Auch soviel!« entgegnete sie munter.

»Wohin des Weg's?«

»Den Muckerl hab' ich ein kurzes Stück begleitet, und jetzt geh' ich wieder heim.«

»Soso, den Muckerl. Er ist wohl dein Hochzeiter?«

»Es wird schon so sein.«

»Das wundert mich aber«!

»Daß ich einen Hochzeiter hab'?«

»Nein, eine wie du, kann sogar zehn haben, wenn sie will.«

»Aber mir ist einer doch lieber wie zehn!«

»Und das soll ausgerechnet der Muckerl sein?« zweifelte er.

»Ob es der Muckerl ist oder ein anderer, das kann dir völlig gleich sein. Und jetzt laß' mich gefälligst in Frieden!«

»Nein, das ist mir nicht gleich!« sagte er hartnäckig. »Du, die Schönste vom Dorf und der Muckerl ...!«

»Das redest du den anderen nach. Aber ich sag' dir, bevor ihr mich als die Schönste ausgeschrien habt, hab' ich dem Muckerl schon dafür gegolten. Er hat es also euch voraus!«

»Das könnt' ich verstehen, wenn er so wie unsereiner und kein solcher Kümmerling wäre!«

»Danach frag' ich nicht. Von der Schönheit kann man nicht herunterbeißen.«

»Das nicht, aber es könnt' doch noch einer für dich kommen, der etwas mitbringt, wovon man herunterbeißen kann. Meinst nicht?«

Sie schaute ihn mit zusammengekniffenen Augen an. »Weißt du mir vielleicht einen solchen?«

»Es könnte leicht sein. Vielleicht steht er gar nicht so weit weg von dir,« schmunzelte er.

»So? Wenn du ihm begegnen solltest, dann sag' ihm: Ich laß' ihn schön grüßen und meinetwegen könnt er bleiben, wo er ist.«

»Ich werd es ihm sagen, aber ich glaub nicht, daß er sich daran kehrt,« erwiderte er.

»Das kann er halten, wie er will. Und jetzt – b'hüt' Gott!«

»Eilt es dir so? Ich ginge gern mit dir.«

»Das kannst du ja, wenn wir einen Weg haben.«

»Ich möcht' mich gern ausreden mit dir. Aber nicht da im Dorf!«

»Dir zuliebe werde ich keinen Umweg machen. Ich wüßte nicht wozu. Was du mir zu sagen hast, kannst du doch auf offener Straße vorbringen. Oder nicht?«

»Es ist mir halt wegen der Leut'.«

Sie zog den Mund schief. »Ich habe die Leut' nicht zu scheuen. Aber ich meine, daß du dich fürchtest, weil deinem Vater etwas zu Ohren kommen könnt'. Ist es nicht so?«

»Hoho!« lachte er. »Da kennst du mich aber schlecht und auch meinen Vater; der schreit wohl bei jedem Anlaß mordmäßig herum, aber so groß und breit er ist, ich steck ihn doch in die Tasche!«

»Dann gib nur acht, daß nicht alle Nahten aufreißt!«

Sie lachten belustigt auf.

»Im Ernst, Dirn, bei meinem Vater erreich ich alles, was ich will.«

»Alles?«

»Gar alles!«

Sie gingen langsam weiter. Toni erzählte ihr großsprechig, was er seinem Vater schon alles herausgekitzelt hatte. Dann hielt er plötzlich den Schritt an. »Siehst, da stehen schon einige Leute da und gaffen uns an!«

»Laß' sie doch, wenn sie Zeit und Lust dazu haben,« sagte das Mädchen wegwerfend und begann dann mit lauter Stimme vom Wetter und belanglosen Dingen zu sprechen, bis sie zur Brücke gelangten, wo sie dem Sternsteinhofer eine »gute Mahlzeit« wünschte.

»Nur eines noch, Helen'!« flüsterte er.

»Was denn noch?«

»Willst mir wirklich keine Gelegenheit geben, daß ich mich mit dir aussprechen könnt'?«

»Nein, wirklich nicht!«
»Warum denn nicht?«
»Weil mir der Spatz da herunten lieber ist als ein stolzer Tauber droben auf dem Dach des Sternsteinhofes!«

Er stieß ein paar verlegene Lachlaute aus und schaute der Wegschreitenden nach.

Langsam kehrte er den Weg zurück, schaute sich noch ein paarmal um und sah, daß Helene jetzt bei der Kleebinderin stand und am Vorgärtchen mit ihr plauderte. –

*

Auf dem Sternsteinhof wurden Knechte und Mägde zum sonntäglichen Kirchgang angehalten, aber der Bauer selbst und auch sein Sohn nahmen es damit weniger streng. Vielleicht, daß sie zum Nachmittagssegen gingen. Öfter aber fuhren sie nach dem nahen Marktflecken, wo sie sich mit ihresgleichen, also mit reichen Bauern, trafen. Denn nach dem Gottesdienst kehrte man ins Wirtshaus ein.

Aber seitdem der Toni hinter der Zinshofer Helene her war, versäumte er keine Frühmesse mehr, immer in der Hoffnung, das Mädchen irgendwo zu sehen oder sprechen zu können. Er ließ seinen Vater allein auf dem Hof sitzen, auch allein nach dem Marktflecken fahren.

Ein paarmal noch war er Helene in den Weg gekommen, aber sie verstand es immer wieder, ihm auszuweichen.

Es geschah nun oft, daß der Toni mitten unter dem Essen das Besteck aus der Hand legte; statt der Arbeit nachzugehen, stand er untätig herum und grübelte vor sich hin.

Einmal folgte ihm der Bauer nach dem Essen hinaus ins Freie.

»Nun, Bub, an dir kann der Herr Pfarrer wahrlich seine Freude haben!« spottete der Alte.

»Warum?«

»Weil du dich so nachdrücklich auf das Fasten und Beten verlegst.«

»Ich? Wieso?«

»Du ißt fast nichts mehr und dann stehst herum in beschaulicher Frömmigkeit. Aber das darfst du jetzt langsam ablegen; der Sternsteinhof ist kein Kloster, und wenn du die Arbeit stehen läßt, bringt es keinen Segen, sondern nur Schaden!«

»Das bildest du dir nur so ein, Vater!«

»Meinst? Aber wenn du so weiter machst, wirst zu einem Trottel! Da könnt' ein Vater stolz sein auf dich!« Der Alte lachte höhnisch vor sich hin und ging weiter.

Toni schaute ihm nach, schließlich ging er durch den Hausflur hinaus in den Garten. Als er an der Rebenlaube vorbeikam, setzte er sich auf die Bank und sinnierte vor sich hin.

»Er hat recht, der Vater,« murmelte er. »So kann es nicht weitergehen!«

Aber wie so oft drückte er sich heut wieder um das Haus herum, lehnte sich am Scheunentor an und schaute sehnsüchtig nach der Hütte der Zinshoferin aus.

Lange rührte sich dort nichts, aber dann ging doch einmal die schiefhängende Tür auf, und Helene trat heraus auf die Straße. Sie trug einen Korb auf dem

Rücken und wanderte dem Wald zu. Offenbar war sie ausgeschickt worden, Holz zu sammeln und heimzubringen.

Da war es um ihn geschehen. Ohne zu überlegen lief er über die Höhe und dann drüben hinab, um noch vor ihr den Wald zu erreichen. Er verbarg sich in der Nähe des Weges, den sie kommen mußte, und wartete.

Ein kleines Bächlein gurgelte in der Nähe vorbei, über das ein Baumstamm gelegt worden war, der als Notbrücke diente.

Er sah sie den schmalen Weg heraufkommen. Sie blieb plötzlich stehen, zog einen Schuh aus und schüttelte die Steinchen darin heraus. Dann bog sie in den Wald ein.

Jetzt lief der Toni ihr den Weg ab, sprang auf dem Baumstamm über das Bächlein und ging entschlossen auf sie zu.

Sie zeigte keinerlei Erschrecken, als sie ihn so plötzlich auftauchen sah, und ließ ihn auf drei Schritte herankommen, ehe sie abwehrend die Hand gegen ihn ausstreckte. »Das muß einmal ein Ende haben!« rief sie zornig.

»Das meine ich auch,« erwiderte er und umfing mit leidenschaftlichen Blicken ihre schlanke, schöne Gestalt.

»Ich merk' es, daß du mir nun überall nachläufst, auf dem Kirchweg und überall, wo ich mich nur blicken laß'. Wozu denn? Hab' ich dir nicht schon deutlich genug gesagt, daß du mich in Ruh' lassen sollst? Es wird mir jetzt zu dumm!« Sie stampfte mit dem Fuß.

»Schimpfe dich ruhig aus! Schimpf', Dirndl!«

»Bildest du dir ein, du wärest ein besonderer, weil du der Sohn vom reichen Sternsteinhofbauern bist, und daß du alles haben kannst, was du willst? Dir gebe ich deswegen noch kein Luder ab, das merk' dir! Oder hälst mich gar dafür? He?«

Sie sammelte vom Boden die dürren Äste, brach sie wütend über dem Knie ab und warf sie auf einen Haufen zusammen.

»Wie käme ich denn auf einen solchen Gedanken?« entgegnete er kleinlaut.

»Etwas anderes kannst du ja von mir nicht wollen als eine Schlechtigkeit. In Ehren, mein ich, kannst du es wohl kaum tun!«

»Und warum nicht in Ehren?« fragte er und schaute sie ernst an.

»Das ist eine dumme Frage! Du weißt so gut wie ich, wie groß und breit der Sternsteinhof zwischen uns zwei liegt. Halte mich wenigstens nicht für so dumm, daß ich mir einbilden könnt', einmal aus einem Fensterrahmen von dort auf Zwischenbühel herabschauen zu dürfen. So – und jetzt kennst meine Ansicht, und in Zukunft bitt' ich mir aus, daß du mir ständig in den Weg kommst!«

»Bist jetzt fertig? Dann hör' auch mich an!« sagte er und richtete sich auf. »Ob ich gegen andere stolz bin oder nicht, ist ohne Bedeutung, gegen dich bin ich's jedenfalls nicht; denn wäre ich es, so ließe ich dich stehen und laufet jetzt bereits heimzu. Mir geht es allein darum, daß ich dich sehe und höre, auch wenn kein freundliches Gesicht machst und keine guten Worte für mich findest. Und daß ich dich von ganzem Herze gern hab', dafür kann ich sowenig wie dein Herrgottsschnitzer. Dem bist du ja auch nicht bös deswegen.«

Sie zuckte die Schultern.

»Und deiner Ehre tut es keinen Abbruch, wenn ein bißchen netter zu mir wärst,« setzte er fast beleidigt hinzu.

»Du bist eben ein Narr, sonst könntest du dir keine solche Dummheiten in den Kopf setzen.«

»Da hast du recht, es ist eine Dummheit und sogar eine großmächtige dazu! Alles, was du mir vorwirfst, hab ich mir selber schon gesagt, und ich hab mich von Anfang an dagegen gesperrt, aber es nützt nichts; ich kann meine Lieb' zu dir nicht unterkriegen. Und wenn du meinst, zwischen uns zwei stünd groß und breit der Sternsteinhof, dann wär' es mir bald lieber, er würde abbrennen, daß nichts mehr von ihm übrig ist.«

Sie lachte laut auf. »Erprobe es doch! Zünd' ihn an!«

»An sein Vaterhaus wird keiner Feuer legen. Oder?«

»Ich möcht' dich auch nicht dazu anstiften. Ich wollt' damit nur sagen, daß es immer nur auf dasselbe hinausgeht. Du bist der reiche Sternsteinhofsohn und ich bin eine arme Dirn. Jedes weitere Reden darüber ist überflüssig. Wärest du ein anderer, vielleicht könnte man dir eine ehrliche Absicht zutrauen, so aber muß einen jedes Mädchen dauern, das sich mit dir einläßt!«

»Auch auf dem Sternsteinhof kann es einmal eine Veränderung geben,« widersprach er.

»Ja, wenn dein Vater stirbt. Das meinst du doch?«

»Ja, ich wünsche ihm den Tod zwar nicht, aber gesetzt, er müßt über Nacht sterben ...«

»Dein Vater ist noch nicht so alt, daß man das denken könnt'; er macht schon noch eine Reihe von Jahren mit. Ich glaube kaum, daß du eine findest, die solange wartet, Toni.«

»Darauf kommt es auch nicht an. Ich hab' von meinem Vater noch alles erbettelt, was ich wollte, und nach dem Leutegerede frag' ich den Teufel. Allein auf dich kommt es an. Wenn du den Muckerl, den du sowieso nicht gern haben kannst, weil es einfach nicht möglich ist, gehen läßt, dann gäb' ich dir das heilige Versprechen, daß du eines Tages als Bäuerin in den Sternsteinhof einziehst!«

Über ihren Körper ging ein Zittern, ihre Augen funkelten, sie wollte etwas sagen und vermochte es nicht, weil sie förmlich nach Luft schnappte. Plötzlich wandte sie sich ab und sammelte das Reisig zusammen, das herumlag.

Er wartete, bis sie sich wieder aufrichtete.

»Und?« fragte er.

»So einfach trau' ich dir nicht. Das müßtest du mir schon schriftlich geben,« sagte sie jetzt halb schnippisch, halb neckend.

»Gilt schon!« rief er. »Heut schreib' ich's noch nieder. Komme morgen wieder her auf diesen Platz, dann kannst du es haben.«

»Gut, ich bin da, – und dann wollen wir sehen, was du für eine Handschrift zu schreiben vermagst. Also – b'hüt' dich Gott derweil!«

Sie faßte das Klaubholz zusammen in den Korb, nahm es auf den Rücken und ging. Aber sie wandte sich noch einmal um. »Nein, laß' es doch lieber bleiben, Toni!« Sie kam nochmals auf ihn zu.

»Warum denn?«

»Der Handel könnt' dich reuen.«

»Nie! Darauf gebe ich dir mein Wort!« rief er beschwörend.

»Wir wollen jetzt g'scheit miteinander reden, Toni. Schau, wo ich nun wohl glauben muß, daß es du ehrlich meinst, wäre es nicht recht von mir, dich in Schwierigkeiten zu bringen. Bevor du deinem Vater nicht das Jawort abgebettelt hast, können wir uns unmöglich so offen als Liebesleut' zeigen. Wir müssen also solange heimlich zueinander halten. Gelt, ja?«

Toni nickte.

»Und es ist auch nicht möglich, daß ich den Muckerl so mir nichts und dir nichts davonjage,« fuhr sie fort. »Und ich werde es auch nicht tun, solange noch alles in der Luft hängt. Drum laß ich zum Schein noch den Muckerl neben mir hertrotteln. Verstehst?«

»Nein, nein!« brauste er auf. »Wenn du die Meine sein willst, hat dich kein anderer mehr anzurühren! Das leide ich nicht!«

»Mein lieber Toni, da hast nichts zu leiden. So wenig ich den Muckerl mir zu nahe kommen ließ, bevor ich ihm nicht als Weib angehöre, ebensowenig sollst du mir zu nahe kommen, bevor ich nicht als Bäuerin auf dem Sternsteinhof bin. Das wollt' ich dir noch sagen. Solltest du's aber anders meinen, dann magst du deine Niederschrift behalten!«

»Darauf gebe ich dir mein heiliges Versprechen! Tu' du so, wie du es für richtig hälst, aber sei freundlich zu mir und gib mir manchmal Gelegenheit, dich zu treffen und bei den Händen zu halten. Dann bin ich schon glücklich!«

Er faßte ihre Hände und drückte. Sie lächelten sich glücklich an.

Dann zog sie ihre Hände zurück und sagte: »Morgen

ist auch noch ein Tag, und da besprechen wir das andere. Aber weil du dich nun doch noch als braver und vernünftiger Bub' gezeigt hast, – ich bin da sonst nicht so freigebig, – sollst auch deinen Lohn haben!« Sie schlang die Arme um seinen Nacken, küßte ihn rasch auf den Mund und lief dann eilig davon.

Toni kehrte an den Bach zurück, und als er auf dem Baumstamm hinüberbalancierte, taumelte er, und fiel beinahe ins Wasser. Er lachte belustigt auf.

Dann stieg er zum Sternsteinhof hinauf …

Es war in der Nacht des übernächsten Tages, als die alte Zinshoferin eingeschlafen war und zu schnarchen begann, da schlüpfte Helene aus dem Bett, an das Fenster, durch das das Mondlicht hell hereinschien. Sie fing an, mit Nadel und Zwirn ein kleines Leinwandtäschchen zuzunähen, fügte dann noch eine Schnur daran und band sich das Anhängsel um den Hals.

Dann schlüpfte sie wieder unter die Decke zurück. Sie schlief in dieser Nacht unruhig, und sooft sie erwachte, griff sie nach dem Täschchen an ihrem Hals. Dann knisterte es, als ob es ein Papier enthielte.

Das war auch so; das Täschchen barg das Eheversprechen des Sohnes von Sternsteinhof.

Hatte sie damit nun den prächtigen Sternsteinhof in Händen? –

*

Öfter schon hatte die Matzner Sepherl ihre Freundin von der Zinshoferhütte aufsuchen wollen, aber immer war es vergeblich gewesen; Helene war nie daheim.

Die alte Zinshoferin wußte nur, daß sie in den Wald gegangen sei, um Klaubholz und Reisig heimzuholen. Sie sei nie so fleißig gewesen wie heuer, jeden Tag bringe sie einen Korb voll heim, was sie freilich im Winter gut gebrauchen könnten.

Eines Tages aber entschloß sich das Sepherl, die Freundin im Wald zu suchen. Auf dem ganzen Weg dorthin begegnete sie keinem Menschen, doch als sie am Waldrand stand und eben die Hände um den Mund höhlte, um durch einen lauten Ruf sich mit der Gesuchten zu verständigen, raschelte es in der Nähe wie von Schritten, die aus dem Gehölz kamen. Erschrocken ließ sie die Arme sinken, aber es war nur Helene, die hinter einem Busch hervorkam, – nein, noch eine zweite Gestalt wurde sichtbar, freilich nur ganz kurz, weil sie schnell hinter die Bäume verschwand.

Es war zu spät; Sepherl hatte den Burschen erkannt...

Helene kam auf sie zu. »Du bist da? Grüß dich!«

»Ja, ich bin da,« entgegnete Sepherl mürrisch und machte ein Gesicht wie sieben Tage Regenwetter.

Helen' warf ihr einen verwunderten Blick zu. »Was ist denn, Sepherl? Was hast?«

»Du warst nicht allein im Wald! Gesteh's doch!«

»Wer sollt' denn bei mir gewesen sein?«

»Weißt Helen', du magst mich für dumm anschauen, aber für blind mußt mich nicht halten. Ich hab' ihn deutlich erkannt, den Bauerssohn vom Sternsteinhof.«

»Und wenn? Kann ich ihm den Wald verbieten?« fragte trotzig die Zinshofer Helen' und schürzte die Lippen.

»Du hast dich wohl schon öfter hier mit ihm getroffen.

Er sucht dich da, und du läßt dich recht gern finden. Ist's nicht so? Solltest dich schämen!«

»Schämen? Ich wüßt' nicht warum. Denkst du Schlechtes von mir?«

»Jedenfalls ist es nicht recht, wenn du neben dem Muckerl auch mit dem gehst!«

Helen' spielte jetzt die Zornige. »Stelle jetzt bloß keine unwahren Behauptungen auf, Sepherl! Wo hast du denn den Beweis dafür? – Übrigens bist du weder zu meinem Richter noch zu meinem Wächter bestellt! Das merk' dir!«

»Brauchst gar nicht so trotzig zu tun,« maulte Sepherl. »Wenn man einen schon auf üblen Wegen antrifft!«

»Auf üblen Wegen?« schrie Helene.

»Jawohl, auf üblen Wegen!« ereiferte sich die junge Matzner. »Sie führen in Unehrbarkeit. Von zweien muß doch wohl einer der Betrogene sein. Oder nicht? Und wer es in deinem Fall ist, das läßt sich unschwer erraten. Was willst denn mit dem reichen Bauernprotz? Vielleicht deinen Spaß haben, weil es doch zu keinem Ernst führen kann? Das steht einer Dirn übel genug an, weil es nicht ehrlich ist gegen den anderen, der es ernst meint!«

»Purr! Du kannst dein Maul noch so groß nehmen, deswegen vermagst du mich doch nicht zu beleidigen. Aus dir spricht bloß der Neid. Jawohl, purer Neid, weil bei dir bis heut noch keiner anbeißen will. Drum versteh' ich nicht, daß du dich so aufregen magst! Es sollte dir ja recht sein, wenn ich mich vom Muckerl trenne; vielleicht kommst dann du mit ihm zusammen.«

»Laß' dir sagen, du bist es gar nicht wert, daß man dir ein ernstes Wort sagt!« schrie Sepherl mit zornrotem

Gesicht. »Du häßliches Ding du! Und daß du's weißt, mit dir geh' ich nimmer!«

Sie lief einige Schritte voraus.

»Geh' doch zu! Wer bist denn du, daß du glaubst, es sei eine Gnade, mit dir Freundschaft zu halten!«

Hintereinander gingen sie dem Dorf zu, jede spielte die Gekränkte.

Helene war es lang nicht so wohl dabei, wie sie glauben machen wollte. Einige Male biß sie sich in die Lippen. »Sepherl, hör'!« rief sie ihr dann doch einmal nach.

»Was willst denn noch?«

»Du wirst doch nicht alles brühwarm erzählen? Gelt, nein?«

»Wenn ich nicht danach gefragt werd', dann nicht. Lügen werde ich deinetwegen nicht!«

Feindselig trennten sie sich.

Sepherl wurde aber gar bald danach gefragt; die Entfremdung zwischen ihr und der Zinshofertochter fiel zuerst der alten Matzner Resl auf, und die erzählte die Neuigkeit der Kleebinderin. So konnte es also nicht ausbleiben, daß auch der Muckerl bald davon erfuhr.

»Ich mein', das wirst du dir doch nicht mehr gefallen lassen von der leichtfertigen Zinshoferdirn!« sagte die Kleebinderin zu ihrem Sohn.

»Ich werde sie zur Rede stellen,« entgegnete der Muckerl düster.

Er ging nun selbst in den Wald, um sich zu überzeugen, wie weit die Gerüchte von der neuen Liebschaft Helenes auf Wahrheit beruhten.

Als er aber vor dem Gehölz stand, scheute er sich,

weiter zu gehen. Vielleicht fürchtete er ein Zusammentreffen mit dem jungen Sternsteinhofer, oder ihm bangte vor der Wahrheit.

So setzte er sich auf einen Geröllhaufen und wartete.

Als Helene dann endlich aus dem Wald hervorkam, erhob er sich und ging ihr entgegen.

»Ich hätt' mit dir zu reden,« sagte er, ohne ihr in die Augen zu schauen.

»So? Dann rede!« war ihre Antwort.

»Ich weiß, von wo du herkommst.«

»Das ist kein Kunststück. Der Weg führt bloß in den Wald.«

»Ich meine, von *wem* du kommst!«

»Nun?«

»Mit dem Toni vom Sternsteinhof hast du dich getroffen!«

»Was weiter?«

»Das, mein' ich, brauche ich mir doch nicht mehr gefallen zu lassen!« stieß er zornig hervor.

»Wenn es dich etwas angehen sollte, dann freilich nicht,« war ihre schnippische Antwort.

Er schaute stirnrunzelnd auf. »Was sagst du? Es sollte mich nichts angehen? Mich? – Muß ich da nicht dastehen wie aus allen Wolken gefallen, wie meine Mutter davon gesprochen hat ...?«

»Soso! Deine Mutter hetzt dich also gegen mich auf! Gut, daß ich das weiß!«

»Sag' du bloß nichts gegen meine Mutter! Gegen sie kommst du nicht auf; sie ist ein Ehrenweib!«

»Sie mag zehnmal ein Ehrenweib sein, deswegen bin ich noch lange nicht schlecht!« schrie sie jetzt erzürnt.

»Nenne mir einen einzigen Menschen im Dorf, der mir etwas Unehrbares nachsagen kann!«

»So besonders ehrbar ist es nicht, wenn du auch noch mit einem anderen gehst.«

»Wenn, – ich sag' *wenn* ich mit einem ging, dann ginge ich auch mit diesem einen, von einem anderen weiß ich nichts.«

»Helen'! Du tust grad, als ob ich nicht mehr der eine wäre, mit dem du zu gehen hast!«

»Mit dem ich zu gehen hab'? Nun hör', Muckerl, ich sehe, du bist eifersüchtig und hast gar kein Recht dazu!«

»Bin ich dein Schatz oder bin ich es nicht?« rief er entrüstet.

»Vielleicht warst es oder du kannst es noch sein oder bist es niemals gewesen. Schatz nennt auch der Fuhrmann die Kellnerin vom Wirtshaus, wo er alle heiligen Zeiten einmal einkehrt. Das Wort Schatz wird oft genannt und sagt doch nichts.«

»Und du redest auch bloß so, weil nichts anderes zu sagen weißt. Ich aber hab' es von Anfang an nicht anders gemeint, als daß du mein Weib werden sollst, und ich durfte nach deinem Verhalten damit rechnen, daß auch du den Willen dazu hast. Ich glaub' nicht, daß du unser Verhältnis anders verstanden hast. Und wenn du meinst, es könnte dir kein einziger Mensch im Dorf eine Unehrbarkeit nachsagen, so irrst du dich! Und wenn ich dieser Mensch selbst bin. Schau, an mir handelst du schlecht, weil du meine ehrliche Absicht so übel vergiltst.«

»Gut, dann laß' mich einmal reden, damit ich dir beibringen kann, wie wir überhaupt zueinander stehen.

Davon, daß ich dein Weib werden soll, war zwischen uns niemals die Rede! Ja, Geschenke hast du mir gemacht und eingeladen hast mich und die Mutter zu euch ins Haus. Das ist alles! Ich konnt' mir wohl denken, daß du mir die Sachen nicht bloß aus Mitleid geschenkt hast, aber bis heute hast du noch kein Wort geflüstert, wie es wirklich gemeint war. Bis auf den heutigen Tag hast du mich neben dir herlaufen lassen. Sollten dich deine Geschenke reuen, dann schicke ich dir alles, soweit ich es noch habe, zurück. Aber daß du eifersüchtig auf mich bist, dieses Recht räume ich dir nicht ein und auch nicht das Recht, mich auf offener Straße zur Rede zu stellen! So steht die Sache zwischen uns beiden, und damit haben wir ausgeredet!«

Der Muckerl stand ganz verwirrt da. »Die Geschenke nimm ich nicht zurück,« stotterte er. »Und was das Fragen anlangt, so habe ich es nur unterlassen, weil ich der Meinung war, es verstünde sich doch alles von selbst. Wenn du aber gefragt sein willst, dann hole ich es gleich jetzt auf der Stelle nach.«

»Danke, nachdem, was ich heut schon alles zu hören bekam, verlange ich nach keiner solchen Frage mehr!«

»Aber, Helen', es war doch nicht so bös gemeint!« bettelte er.

»Eingedenk deiner Gutherzigkeit gegen mich, will ich dir noch sagen: Wenn es dir recht ist, mit mir zu verkehren wie bisher, also ohne bindendes Versprechen, hab ich nichts dagegen und will dir auch dein Aufbegehren verzeihen.«

Er streckte ihr die Hand hin. »Gib mir die Hand darauf!«

»Da hast sie!« sagte sie versöhnlich und schlug ein.

»Aber es gilt auch dafür, daß du mit keinem anderen mehr gehst?« setzte er scheu hinzu.

Da zog sie die Hand zurück. »Es muß dir genügen, wenn ich dir verspreche, daß ich mit keinem anderen eine nähere Bekanntschaft pflege wie mit dir.«

»Sei mir nicht bös, Helen', es würde mich unglücklich machen. Du mußt mir wieder gut sein, ganz gut, – damit ich dich einmal fragen kann, was ich gern von dir hören möchte!«

»Vor allem laß' dich nicht noch einmal aufhetzen und wäre es auch von einem Ehrenweib wie deine Mutter!« höhnte sie.

Muckerl fing nun an, seine Mutter zu entschuldigen. Sie hätte nur aus lauter Sorge um ihn sich von bösen Zungen diese Unwahrheit einsagen lassen.

Helene aber schwieg.

Der Muckerl wurde ernsthaft bös auf seine Mutter, die durch dieses verlogene Gerücht eine solche Mißstimmung heraufbeschworen hatte. –

*

Am Namensfest des heiligen Coloman feierte Zwischenbühel seinen Kirchtag. Obwohl man damit schon tief in den Herbst hinein kam, war das Wetter doch noch so, daß man wenigstens die Tanzlustigen ins Freie schicken konnte, wo ein Podium errichtet war, auf dem die Paare zur schmetternden Blechmusik ihre Ländler drehten.

Für jene, die unter Dach bleiben wollten, hatte der Wirt Platz in zwei Stuben gemacht. Hier fanden sich die älteren Bauern des Dorfes und aus der Umgebung ein, die sich wiederum in zwei Kategorien teilten, in eine untere und obere Schicht, daß heißt in weniger Reiche und in Schwerreiche.

Zu den letzteren zählte der Sternsteinhofbauer, und er war wohl der tonangebende unter diesen auserwählten Günstlingen des Lebens.

Nur einer tat es ihm noch gleich an Vermögen und Besitztum, nur zählte er nicht zu den Einwohnern von Zwischenbühel, sondern kam von Schwenkdorf herüber. Genannt wurde er Käsbiermartel, sein Taufname war Martin, die übrige Bezeichnung verdankte er seiner sparsamen Eigenheit, bei einem Glas Bier und einem Stück Käse vor sich bei stundenlangen Zechgelagen auszuharren. Es grenzte also schon nahezu an Geiz, dem er vielleicht seinen enormen Reichtum verdankte.

Im Gegensatz zu der breiten und wuchtigen Gestalt des Sternsteinhofbauern, war der Käsbiermartel ein langes und dürres Gestell mit eingesunkener Brust, hohlen Wangen und tiefliegenden, unter buschigen Brauen hervorblitzenden Augen, schmalen Lippen und einer Hakennase.

Und doch waren die beiden dicke Freunde geworden, und der Käsbiermartel war heut am Kirchtag Gast des Sternsteinhofbauern. Auch das hatte seinen guten Grund; denn der Käsbiermartel war nicht allein gekommen. In seiner Begleitung befand sich seine einzige Tochter, die zwanzigjährige Sali, die, während die Alten sich in der Wirtsstube bei Speise und Trank gütlich taten, mit dem Sternsteinhof-Toni draußen im Wirtshausgarten saß.

Das Mädchen war hochaufgeschossen, so daß es trotz einer gewissen Fülle etwas derbknochig aussah. Die geschwungenen Brauen und die gebogene Nase verliehen ihrem länglichen Gesicht den Ausdruck von Willensstärke. Trotzdem schauten ihre blauen Augen etwas schüchtern in die Welt. Sie schien nicht zu wissen, was sie als eine der reichsten Bauerntöchter von ihrem Tänzer an Respekt zu fordern hatte.

Schweigend saß sie an der Seite des wortkargen jungen Sternsteinhofers, und wenn er sie einmal bei der Hand nahm und sagte: »Wollen wir nicht auch einmal tanzen?« so dankte sie es ihm mit einem warmen Blick. Sie dachte wohl, es sei echt männlich, sich so zurückhaltend mit einem Weib abzugeben.

Der Toni wunderte sich, daß die Sali seine Verdrossenheit so geduldig hinnahm. Er mühte sich, seiner Verstimmung soweit Herr zu werden, daß niemand dem Grund auf die Spur kam. Er zeigte die gleichmütigste Miene von der Welt, während er die Zinshoferdirn nicht aus den Augen ließ, wenn sie mit dem Muckerl irgendwo auftauchte oder gar mit dem unscheinbaren Knirps über den Tanzboden stolperte.

Nur wenn er sie nirgends mehr zu entdecken vermochte, befiel ihn eine große Unruhe, dann erhob er sich und suchte unter dem Gewühl der Menschen nach ihr.

Eben begannen wieder die Trompeten zu schmettern und die Klarinetten zu gellen, und die Paare traten zu einem neuen Tanz an.

Der Kleebinder Muckerl hatte diesmal das Matzner Sepherl zu einem Ländler geholt. Die Zinshoferdirn trat

bis an den Zaun zurück, stützte sich auf einen Pfahl auf und schaute von dort den Tanzenden zu.

Toni verfolgte sie mit seinen Augen, dann erhob er sich und sagte zur Sali: »Ich bin gleich wieder da und will mich bloß ein wenig unter den Leuten umschauen.«

Darauf näherte er sich dem Zaun und blieb in der Nähe der Zinshoferischen stehen.

»Pst! Helen'!« rief er mit unterdrückter Stimme.

Durch eine kaum merkliche Kopfbewegung ließ sie erkennen, daß sie hinhorchte.

»Schau dir bloß die schmerzhafte Muttergottes an, mit der ich heut den Abend verbringen muß!« klagte er.

Helene verbarg ihr Gesicht hinter der Schürze und kicherte leise. »Das ist gut, merkst eben einen Unterschied!« flüsterte sie.

»Wenn man ihr deinen Muckerl über den Schoß legen könnte, wär' das Karfreitagsbild fertig!«

Helene kicherte.

»Hörst? Komm' morgen! Ich wart' auf dich!« fuhr er fort.

»Ich werde wohl nicht können.«

»Aber es geht um nichts Geringes!«

»Dann werd' ich halt schauen.«

Er nickte ihr heimlich zu. »B'hüt' dich Gott!« –

Während Helene zum Tanzboden zurückschritt, suchte Toni wieder seinen Platz neben der Käsbiermartel-Tochter auf. Aber er blieb dort nicht lang, denn eben erschienen unter der Tür zwei Gestalten, eine breite und wuchtige und eine lange und dürre. Das waren sein Vater und der Käsbiermartel. Ihnen wollte der Toni entweichen.

»Magst tanzen, Sali?«

»Gern.«

Er nahm sie bei der Hand und eilte mit ihr zum Podium.

Der Sternsteinhofbauer und der Käsbiermartel standen drunten und schauten eine Weile den Tanzlustigen zu.

»Sag' selber, Sternsteinhofbauer, schöner kann ein Paar nicht zusammen passen wie die zwei,« sagte der Käsbiermartel und deutete mit seinem knöcherigen Arm nach den beiden Jungen. »Auf was warten wir denn noch mit der Hochzeit?«

Der Sternsteinhofbauer winkte ab. »Es hat noch Zeit!«

»Immer deine gleiche Rede: Es hat Zeit! Meine Tochter ist heiratsfähig, und was sie mitkriegt, weißt du auch. Soll man warten, bis die schönste Zeit verpaßt ist?»

»Das fürcht' ich noch lang nicht, Käsbiermartel. Aber du bist halt auf deinen Vorteil aus und siehst, daß mein Toni der einzige Sohn ist, der mit keinem Geschwister zu teilen hat. Auf das gehst du aus!«

»Ja, sapralott, gilt unser Übereinkommen noch oder gilt's nimmer?«

»Freilich gilt's. Aber es hat Zeit, Käsbiermartel!«

»Weil du von deinem Hof nicht lassen willst, Sternsteinhofbauer! Sag' doch gleich die Wahrheit! Du magst dein Regiment nicht abgeben! Ich, wenn ich einen Sohn hätte, säße schon lange in der Ruh'!«

»Du hast aber keinen, und wenn du deine Tochter aus dem Haus hast, bist bloß noch ein freierer Herr. Schau, du bist also im Vorteil, Martel, und drum laß' ich mich nicht drängen. Es braucht alles Überlegung und Zeit!«

»Vom Drängen ist keine Rede! Ich hab' es nicht notwendig, daß ich dränge. Meine Sali kommt nicht mit leeren Händen!«

»Ich weiß, ich weiß, aber laß' dir Zeit, du bringst deine Gulden schon noch los, die du zusammengescharrt und zusammengewuchert hast, du dürrer Geldfuchs, du!«

Der Sternsteinhofbauer lachte dröhnend auf und ging wieder zurück in die Stube.

Brummend folgte ihm der Käsbiermartel. –

*

Am nächsten Tag befand sich Helene auf dem Weg zum Wald. Ein kalter Wind trieb schwere Wolken über den Himmel. Ab und zu fielen Graupeln nieder, aber gleich darauf brach wieder für kurze Zeit die Sonne durch.

Helene nahm schaudernd das Tuch enger um die Schulter.

Wie verabredet kam ihr der Sternsteinhofsohn schon auf halber Strecke entgegen. Das war unvorsichtig, aber er mochte sich denken, daß bei diesem Wetter keine Spione unterwegs waren.

»Ich hab' schon befürchtet, du getraust dich heut bei dem kalten Wind nicht heraus,« sagte er und streckte ihr die Hand hin. »Ich freu' mich, daß du gekommen bist! Jetzt steht halt die kalte Jahreszeit vor der Tür, und es wird immer schwerer werden, daß wir uns im Freien zusammenfinden.«

Sie nickte und zuckte die Schulter. »Was ist dagegen zu machen?«

»Zu machen wäre schon etwas,« sagte er und zwinkerte schlau mit den Augen. »Deine Mutter müßt halt ein wenig Verständnis haben mit zwei jungen, verliebten Leuten. Mit meinem Vater kann ich noch nicht reden. Da muß ich schon eine passende Stunde abwarten, damit nichts verdorben wird. Aber mit deiner Mutter könntest du reden und ihr unsere ehrliche Absicht verraten. Sie hätte ganz bestimmt nichts aus, wenn ich dich daheim von Zeit zu Zeit heimlich aufsuche. Da wären wir noch sicherer als unter dem freien Himmel. In eurer Hütte vermutet mich gewiß niemand!«

»Was du mir nicht alles zumutest!« schmollte sie. »Da müßt' ich mich ja zu Tod' schämen! Meine Mutter glaubt, daß mir noch keiner zu nahe gekommen ist, und daß ich den Kleebinder Muckerl nur aus Gnade neben mir herlaufen lasse.«

»Ich meine, deine Mutter sähe dich auch lieber als Bäuerin auf dem Sternsteinhof sitzen als das Weib vom Kleebinder Muckerl in der kleinen Hütte!«

»Mein lieber Toni, da hat es noch eine Weile hin!«

»Aber wir dürfen uns diese Weile nicht lang werden lassen, drum müssen wir uns oft sehen und sprechen. Du mußt mit deiner Mutter reden! Sie wird einsehen, daß uns kein anderer Rat bleibt!«

Sie schaute zu Boden und überlegte. »Gut, ich will mit ihr reden,« sagte sie dann entschlossen. »Wann willst du kommen?«

»Übermorgen, am Abend, wenn es schon dunkel geworden ist.«

Sie nickte.

»Mach's gut, Helen, – weißt schon, daß sich halt deine Mutter nicht wundert, wenn ich so plötzlich in ihrem

Haus auftauche ...«

»Meine Mutter wundert sich überhaupt nicht bald über etwas.«

»Ich weiß, sie soll ein gescheites Weib sein.«

»Ja, in Sachen, wozu es keinen Verstand braucht.«

Er schaute sie fragend an. »Ich glaube gar, ihr habt euch gestritten?«

»Das kommt öfter vor. Aber sorge dich nicht; tu' ich auch selten, wie sie will, so tut sie doch meistens, wie ich will. Du kannst also unbedenklich kommen.«

Darauf trennten sie sich. –

In der letzten Hütte drunten am Bach war das Licht erloschen. Die alte Zinshoferin zog die Decke über die Ohren und wartete auf den Schlaf.

Auch von Helene war nichts mehr zu hören. Aber da war dann plötzlich ein Trippeln in der Kammer. Das Mädchen kam an das Bett der Mutter und setzte sich auf den Rand.

»Ich hätt' dir etwas zu sagen, Mutter.«

»Muß das heut noch sein?« murrte die Alte.

»Weil ich gerade die Courage dazu hab, drum möcht' ich es nicht aufschieben.«

»Es muß ja etwas recht Sauberes sein, wenn du schon einen besonderen Mut dazu brauchst!«

»Wirst es ja hören ...«

»Nun?«

»Übermorgen, wenn es dunkelt, werden wir einen Besuch bekommen.«

»So? Was für einen wohl?«

»Den Toni vom Sternsteinhof.«

»Was nicht gar? Was will der bei uns?«

Das Mädchen kicherte leise und verlegen. »Wie du so fragen kannst, Mutter! Was wird er schon wollen? – Gern hat er mich halt.«

Jetzt setzte sich die Alte in ihrem Bett auf. »Da schau einer an! Das ist mir ja das Neueste! – Wenn du aber glaubst, ich würde da ruhig zuschauen oder mich nicht getrauen, dem Kerl die Tür zu weisen, weil er der Sohn des reichen Sternsteinhofbauern ist, da wirst du dich täuschen! – Zu was besucht er dich denn, du dummes Ding, du? – Ich weiß, um meinen Rat ist es dir nicht; du hast immer getan, was du gewollt hast. Ich sag' dir nur soviel: Unter meinen Augen laß' ich dich nicht die Henne mit zwei Hähnen spielen, daß du später, wenn du allein auf dem Mist bleibst, mir vor den Leuten die Schuld gäbest! Daraus wird nichts! Verstanden?«

Sie legte sich wieder entrüstet zurück.

Aber das Mädchen gab noch nicht nach. »Für so dumm darfst du mich nicht anschauen, Mutter!« fuhr Helene fort. »Du dankst Gott, wenn ich dich mit auf den Mist nehme, auf dem ich zu sitzen komme. Will mich der Toni, dann kann er mich nur als Bäuerin vom Sternsteinhof haben. Und das hat er mir auch versprochen!«

»Du Närrin, du! Auf solche Reden gibst du etwas?«

»Auf Reden nicht, aber ich hab' es schriftlich!«

»Schriftlich?« Jetzt fuhr die Alte wieder in die Höhe. »Zeig' her! Mach' das Licht!«

Der Docht flammte auf.

Die Alte sprang behende aus dem Bett.

Beide Frauen standen am Tisch, die Alte legte ihren Arm auf die Schulter der Tochter. Zusammen buchstabierten sie das Schriftstück.

»Wie kommst du bloß zu diesem Schreiben?« rief die Alte.

»Du bist schon eine ganz Schlaue! Das hätt' ich doch nicht vermutet!«

Helene erzählte.

»Es ist noch ein Geheimnis, Mutter! Du darfst nichts davon aussagen!«

»Eher beiße ich mir die Zunge ab!« beteuerte die Zinshoferin. »Darauf kannst du dich verlassen, überhaupt kannst dich in allem auf mich verlassen. Bist mein braves und kluges Kind!« Sie streichelte über die geröteten Wangen des Mädchens. »Da werden die Kleebinderischen einmal Augen machen! Gift und Neid werden sie speien und ihrem entflogenen Vogel nachschauen, der sein Nest auf dem reichen Sternsteinhof hat! Ich gönne es ihnen, waren nie gute Freund'!«

Noch lange schwatzten und planten die beiden Frauen in dieser Nacht und schwärmten von dem behaglichen Nest, in das sie zu sitzen kommen sollten. Die Kerze brannte herab und fiel verlöschend in den Leuchter ...

*

Der Winter kam mit aller Strenge ins Land. Der gefrorene Schnee knirschte unter den Schritten, die tief eingedrückte Spuren hinterließen, besonders wenn es schwere Stiefel waren, die mit dem neugefallenen Schnee in Berührung kamen.

Hier verrieten sich auch die verbotenen Wege.

Aber von der Zinshoferischen Hütte zum Bach zu wurde fleißig der Schnee weggekehrt, und die alte Kleebinderin schüttelte des öfteren verwundert den Kopf darüber, denn die Nachbarsleute hatten das doch früher nie getan und den Schnee liegen gelassen, so wie er fiel.

Sie dachte sich jedoch nichts Arges.

Ein Kopfschütteln gab es in diesen Tagen auch bei der alten Kathel, der Wirtschafterin auf dem Sternsteinhof. Aber sie dachte Arges und nahm sich eines Tages doch einmal das Herz, mit dem Bauern über ihre Befürchtung zu sprechen.

»Nimm mir's nicht für übel, Bauer, aber ich muß es dir jetzt sagen, weil ich sehe, daß du immer noch nichts davon merkst,« begann sie.

»Was soll es denn?«

»Dein Sohn soll es mit einer von da drunten haben.«

»So? Kann schon sein. Laß' ihm doch die Freud'!« war die gleichgültige Antwort.

»Eine Freud' nennst du das, was eine Sünde ist, Bauer?«

Der Alte runzelte die Stirn. »Laß' dir etwas sagen, Kathel: Da heroben auf dem Hof schau' ich auf Zucht und Ordnung, unter meinen Augen leide ich keine Liederlichkeit. Aber was hinter meinem Rücken und auswärts getrieben wird, dafür habe ich nicht aufzukommen, ob es ein Knecht oder eine Magd oder gar mein leiblicher Sohn ist, sie sind alle alt genug, damit sie wissen können, was sie tun dürfen und was nicht!«

»Ich seh' schon, jetzt nimmst es mir halt doch für übel,« sagte bekümmert die Kathel.

»Gar nicht. Im Gegenteil, es ist mir recht, daß mir sagst, was du weißt.«

»Ich hab' halt gemeint, ob du nicht doch deinen Buben

ins Gebet nehmen solltest …«

»Er wird es mir ableugnen, und dann steh ich vor ihm da wie ein Narr. Warten wir also lieber ab; ist etwas daran, dann kommt er ganz von selber. Geschehene Sünden beichtet man dem Pfarrer, gemachte Dummheiten bekennt man dem Vater.«

»Es könnt aber zu spät sein!« warnte die Alte.

»Zu spät? Wieso? – Sollte er sich mit einer von da drunten zu tief eingelassen haben, dafür vermögen wir immer noch aufzukommen.« Er klopfte an seine Seitentasche, wo er die Geldmappe trug. –

*

Der Toni vom Sternsteinhof nahm seine heimlichen und verbotenen Wege zur letzten Hütte am Bach. Sooft er dort zu Gast war, setzte sich die alte Zinshoferin an den Tisch vor das Licht, so daß ihr breiter Schatten die Stube verdunkelte. Sollte jemand am Haus vorbeikommen und einen neugierigen Blick durch das Fenster hereinwerfen, konnte er nichts unterscheiden.

Beide Türen waren versperrt, die hintere und die vordere. Wenn es passieren sollte, daß jemand an die vordere pochte, konnte der Toni durch die hintere hinausschlüpfen, bevor die vordere Tür geöffnet wurde, umgekehrt konnte er ungesehen zur Straße hinausflüchten, wenn jemand durch die Hintertür Einlaß begehrte.

Das Geheimnis war also gut gesichert, und ungestört saßen die beiden Liebenden hinten auf der Gewandtruhe, konnten sich vertraut bei den Händen halten und sich zuflüstern, was sie wollten.

Trotzdem war es dem Toni nicht ganz wohl bei dem Gedanken, daß er sich vor dem jämmerlichen Herrgottsschnitzer so feig verkriechen mußte, als hätte er, der Sohn und Erbe vom Sternsteinhof, sich vor dem armen Schlucker zu fürchten.

Und doch war es so. Er drang immer ungestümer darauf, daß Helene endlich mit dem Muckerl brechen sollte.

Das Mädchen aber sperrte sich dagegen, solange er, der Toni, immer noch nicht die Gelegenheit und den Mut gefunden hätte, mit seinem Vater zu reden und seine Einwilligung zu erwirken.

Das war jedoch noch nicht geschehen.

»Siehst, für deinen Teil tust du gar nichts!« sagte sie. »Und von mir verlangst du, ich soll den Muckerl aufgeben, ohne ihm den wahren Grund sagen zu dürfen! Warum gehst du nicht selbst hin zu ihm und machst mich ihm streitig? Das getraust du dir nicht wegen der Leute und wegen deinem Vater. Gelt, ja?«

Es blieb wie es war.

Mittlerweile war der Fasching ganz nahe herangerückt. Im Wirtshaus wurden die Vorbereitungen auf das fröhliche Treiben getroffen.

»Wirst du wieder mit dem Muckerl hingehen?« fragte Toni seine Geliebte, als er wieder einmal mit ihr im Stübchen zusammensaß.

»Er hat mich dazu aufgefordert, und ich kann es nicht einfach abschlagen,« antwortete sie.

»Ich werde auch dort sein,« sagte er.

»Ist recht.«

»Getraust dich, auch mit mir zu tanzen?«

»Getrauen?« Sie warf trotzig den Kopf zurück. »Wen hätte ich da zu fragen? Noch bin ich schon Herr meines Willens, daß ich tanzen kann, mit wem ich will und wie oft es mir beliebt!«

»Also – dann freu' ich mich auf den Sonntag!«

Am Sonnabend aber sagte der Sternsteinhofbauer zu seinem Sohn: »Morgen ist in Schwenkdorf drüben beim Gemeindewirt ein Ball. Der Käsbiermartel will, daß wir hinüberkommen. Ich selbst habe bei so etwas nichts mehr zu suchen. Das Tanzen geht nicht mehr und das Zuschauen langweilt mich, ich bleib also daheim, und du fährst allein hin.«

Toni lachte. »Dir ist es zu langweilig, und mich schickst du hin, obwohl ich weiß, daß ich mich auch nicht unterhalten kann!«

»Wär' nicht übel, so ein junges Blut wie du!«

»Ich bleib auch lieber daheim.«

»Das geht nicht! Nach mir frägt niemand, aber dir würde man es verübeln, denn es ist doch nur auf dich abgesehen. Der Käsbiermartel will, daß du mit seiner Tochter hingehst und mit ihr tanz'st. Das soll dir eine Ehre sein! Sie sieht dich, scheint mir, nicht ungern.«

»Das ist mir wurst! Mir gefällt die Sali nicht.«

»Sie wird dir schon noch gefallen, aber dazu laß' ich dir Zeit. Aber ich sag' dir heut offen und frei: Unter uns Vätern ist es beschlossene Sache, daß ihr zwei zusammenkommt.«

»So? Das erlebst du niemals, daß ich die heirate!«

Der Alte runzelte die Stirn. »Bub, das will ich jetzt von dir nicht gehört haben, denn ich hab' dich nicht danach gefragt, und ich denk' auch nicht daran, es jemals zu tun!

Du fährst morgen nach Schwenkdorf hinüber. Dabei bleibt es!«

Bei diesen Worten erhob sich der Alte.

Toni schnellte von seinem Sitz auf und faßte nach dem Arm des Vaters.

»Kein Wort mehr!« grollte der Alte finster. »Sorge du dafür, daß ich über dein Betragen keine Klage hör'! Damit haben wir ausgeredet!«

Er ging aus der Stube.

Toni sank auf den Stuhl zurück, stützte trotzig den Kopf in beide Hände und blickte zur Tür, die sich hinter dem alten Bauern geschlossen hatte.

»Gut, mach' du nur so fort!« knirschte er durch die Zähne. »So wahr ich da stehe, ich stoße dir und deinem Käsbiermartel noch die Köpfe zusammen, daß sie brummen! – Jetzt weiß ich, was ich zu tun habe: Dich muß man eben vor das Unabänderliche stellen und vor Tatsachen, die noch andere als dich zur Nachgiebigkeit gezwungen haben!«

Es war ein boshaftes Lachen, das seine Gedanken begleitete.

Und der Gedanke an diese unabänderliche Tatsache ließ den Toni vom Sternsteinhof in dieser Nacht noch lange nicht schlafen. –

*

Nicht gerade gut gelaunt, aber voll boshafter Rachepläne fuhr der Sohn des Sternsteinhofbauern am frühen Morgen des folgenden Tages auf seinem einspännigen Steirerwägelchen hinüber nach Schwenkdorf. Als er Zwischenbühel außer Sicht hatte, ließ er seine Wut an dem Pferd aus:

»Klepper, elendiger, greif' aus!« schrie er, die Peitsche schwingend. »Gelt, zum Tanz solltest mich schleppen, du kupplerische Schindermähr'! Aber paß' nur auf, was das für einen Tanz geben wird!«

Mit den meisten Söhnen der reicheren Bauern von Schwenkdorf war der Toni vom Sternsteinhof befreundet oder doch gut bekannt. Und darauf hatte er seinen Plan aufgebaut. Am besten verstand er sich mit dem Sohn des Müllers, deshalb lenkte er auch gleich sein Fuhrwerk der Mühle zu.

Er traf auch den Freund daheim an und weihte ihn sofort in seinen Plan ein, der darauf hinauslief, daß sich kein Schwenkdorfer Bursche, der etwas galt im Ort, sich auf dem Ball sehen ließ. Die Dirndln sollten vergeblich auf sie warten. Dafür sollten die Burschen mit ihm nach Zwischenbühel fahren und den dortigen Buben die Mädchen wegnehmen ...

Dieser Plan war zu schön, um unausgeführt zu bleiben.

»Fix hinein!« rief der Müllersohn und war gleich Feuer und Flamme dafür. Er lief von Gehöft zu Gehöft, um seine Kameraden davon zu verständigen und dafür zu gewinnen, was ihm auch leicht gelang. Denn jeder hatte seine Freude an dieser Hetz'.

Und als die Musikanten im Schwenkdorfer Wirtshaus zu trompeten begannen, als wollten sie das Dach vom Haus weg gegen den Himmel blasen, versammelten sich die Burschen im Hof der Mühle, und die Mädchen warteten vergeblich auf ihre Tänzer.

Auch Käsbiermartels Sali wartete ...

Der alte Müller half selbst mit, das Steirerwägelchen in den Schuppen zu schieben und Tonis braune Stute an einen Leiterwagen zu spannen, auf dem die ganze Gesellschaft Platz hatte. Seine Triefäuglein glänzten vor Bosheit.

»Unterhaltet euch nur gut, ihr Sakra!« rief er dem davonfahrenden Wagen nach. »Es macht nichts, wenn der eine und andere einen blutigen Kopf heimbringt.« –

In Zwischenbühel hatten sie keine Ahnung, welch eine Rotte da zu ihnen auf dem Anmarsch war. Es wurde lustig gesungen, gelärmt und getanzt, so daß das Heranrasseln des Wagens mit den Schwenkdorfer Burschen beinahe überhört wurde.

Auf einmal standen sie recht angriffslustig im Saal, voran der Toni vom Sternsteinhof.

»Grüß Gott, beieinander!« schrie er. »Da sind wir, und jetzt kann es lustig werden!«

Er warf den Spielleuten eine Banknote zu. »Aufgespielt, Musikanten!«

Sofort setzte die Musik ein.

Die Schwenkdorfer Burschen holten sofort die schönsten Mädchen zum Tanz, ohne daran gehindert zu werden. Denn noch hatten sich die Zwischenbüheler nicht von ihrer Überraschung erholt.

Der Toni nahm Helene von der Seite des Kleebinder Muckerl weg und sprang mit ihr auf den Tanzplatz.

»Was soll denn das bedeuten?« fragte sie beunruhigt. »Ich hab' gemeint, du kämest allein und jetzt bringst du eine ganze Horde von Wildlingen mit!«

»Frag' nicht so viel; du wirst es schon sehen, was es

bedeutet! Hast mir so immer vorgeworfen, ich getrauet mich nicht, dich deinem Krüppelmandel streitig zu machen!«

»Hast jetzt mit deinem Vater gesprochen?« fragte sie.

»Los! Jetzt wird getanzt!«

»Toni! Ich will wissen …!«

»Wirst es schon erfahren. Wie es gewesen ist, ertrag ich es nimmer länger, und was ich tu', verantworte ich! Verstehst? Ich!«

»Was willst denn tun?«

»Herrgott, tanze weiter! Du wirst es schon sehen!«

Die Trompeten schmetterten und die Klarinetten trillerten, schrille Juchzer ertönten, und die Paare stampften über den Boden.

Mit einem »Schrumm« brach das ganze ab.

Erhitzt und lärmend traten die Paare auseinander.

Die Schwenkdorfer nahmen ihre Mädchen an den Tisch, sie holten von der Schenke das beste und teuerste, was der Wirt bereithielt. Darin ließen sie sich nicht lumpen.

Mitten unter ihnen saß der Toni mit der Zinshoferdirn.

Plötzlich sprang er auf und schrie in den Lärm, indem er auf Helene deutete. »Kameraden! Schaut her! Das hier wird meine Bäuerin!«

Darauf gab es ein großes Gelächter, besonders die Zwischenbüheler fanden es witzig.

Aber dem Toni stieg das Blut in den Kopf. »Jawohl! Die Zinshofer Helen' wird Bäuerin vom Sternsteinhof! Da gibt's nichts zu lachen!«

Abermals wurde getanzt. Die Schwenkdorfer

beherrschten den Platz und nahmen die Mädchen in Beschlag.

Das konnte auf die Dauer nicht gut gehen.

Die Burschen von Zwischenbühel rotteten sich in einer Ecke des Lokales zusammen.

»Da wird nicht mehr länger zugeschaut!« rief der längste und stärkste von ihnen. »Die Sakermenter nehmen uns die Dirndl weg!«

»Wie fangen wir's an?«

»Wie? Jeder holt eben sein Dirndl zurück. Wer macht den Anfang?«

Zum Erstaunen aller meldete sich der Muckerl, ihm lag wohl am meisten daran, seine Helen' von dem wilden Sternsteinhofersohn wegzubringen.

»Bravo, Muckerl! Brauchst keine Angst zu haben, wir stehen schon zu dir und schlagen die Sakermenter zusammen, wenn sie dir etwas anhaben wollen.«

Und der Muckerl ging. Er trat an den langen Tisch, an dem die Schwenkdorfer beisammen saßen. Unter ihnen waren auch Helen' und der Toni.

»Helen'!« rief er ihr zu.

Sie schaute ihn nur unbefangen an.

»Komm' her!«

Der Sternsteinhofer Toni lachte belustigt auf. »Nicht schlecht!« Du meinst wohl, du brauchst ihr nur zu rufen wie einem Hund, dann kommt sie?«

»Mit dir rede ich nicht, Sternsteinhoferbub!« verwies ihn der Muckerl. »Helen', du sollst herauskommen, sag' ich!«

»Oho! Wenn du natürlich einen so gestrengen Herrn hast, dann wirst wohl gehorchen müssen,« spottete Toni gegen das Mädchen.

Helene saß mit zornrotem Gesicht da und sagte nichts.

Toni wandte sich wieder an den Muckerl. »Du siehst doch, daß sie nicht will, drum laß' sie gehen und such' dir eine andere!«

»Müßt' mir einfallen. Ich bleib da stehen, bis sie kommt!«

»Hüblinger!« rief der Toni einem vierschrötigen Burschen zu. »Mir scheint, da findet einer die Tür nimmer. Weise ihm den Weg!«

Der Angerufene ging auf dem Muckerl zu und versetzte ihm einen leichten Stoß und wollte ihn fortdrängen. »Sei g'scheit – und geh', du Knirps!«

»Nein!« widersetzte sich der Muckerl.

»Wirst doch nicht wollen, daß ich dich anfasse! Hättest schwer daran zu tragen!« warnte der Schwenkdorfer den Kleinen.

Der aber geriet plötzlich in Wut, weil ringsum ein Gelächter ertönte, und ehe sich der Stämmige versah, bekam er einen Stoß gegen die Brust.

Schon wollte der Schwenkdorfer mit einem fürsorglichen Gegenschlag reagieren, damit der Knirps nicht ganz aus seinem Gestell geraten sollte, da sprang der Toni dazwischen, packte den Muckerl und schleuderte ihn so wuchtig in eine Ecke, daß er aufstöhnend zusammenbrach.

Von der Tür her kam ein steinernes Weinkrügchen geflogen, das offenbar nach dem Kopf Tonis gezielt war, aber gegen das Kinn Hüblingers flog.

Das war das Zeichen, – und im Handumdrehen war die größte Schlägerei im Gang.

Toni hatte Helen' bei der Hand genommen und sich mit ihr entfernt. Sie gingen hinter dem Dorf an den Planken und Umzäunungen entlang.

Sie sahen nicht mehr, wie das Matzner Sepherl und der Wirtshannsl den armen Muckerl aufhoben an der Stelle, wo er zusammengebrochen liegengeblieben war. Und weil er gar nicht mehr gehen konnte, mußten sie ihn tragen.

Sepherl zürnte, schmähte und schimpfte auf dem ganzen langen Weg zum Kleebinderhaus über Helene, der sie die Schuld an dem Unglück gab.

Der Muckerl schwieg dazu, nur wenn ihre Anklage gar zu hart klang, schüttelte er dagegen den Kopf.

Toni und Helene kamen von rückwärts an die Zinshoferische Hütte heran.

Er hatte seinen Arm um ihre Hüften gelegt, zog sie jetzt fest an sich und suchte sie zu küssen. »Du bist mein und bleibst mein!« hauchte er. »Darauf kannst du dich verlassen! Bis zum Hals herauf hab ich diese Heimlichtuerei satt gehabt, sie hat mich beinahe wortscheu gemacht, und wenn ich beim Vater mit der Sprach' herausrücken wollte, war mir, als müßt ich beim ersten Laut ersticken. Morgen wird er selber auf mich einrükken, und er mag sich ruhig ausreden. Jetzt hab' ich offen Farbe bekannt!«

Sie nickte ihm zu und schaute fast bewundernd an ihm hinauf. Sie sah, daß er Mut hatte.

»Daß ich mich mit dem Käsbiermartel verfeindet hab', das wird ihn am meisten wurmen. Jeder von den zwei Alten ist ein Dickkopf. Und der langnasige, knauserige Martel wird mir seine Sali nimmer nachtragen, daß weiß ich, und mein Vater ist zu stolz, um darum zu bitten. Nun kommt halt eine andere auf den Sternsteinhof, eine schönere und liebere! Gelt?«

Er küßte sie auf den Mund.

Dann betraten sie durch die Hintertür die Hütte.

Helen lief auf die Mutter zu. »Denk' dir, was der Toni heut angestellt hat!« rief sie aufgeregt.

»Was denn schon?«

Aber das Mädchen kam nicht zum Erzählen. Vor dem Haus wurden Schritte laut, und dann wurde heftig an die vordere Tür geklopft.

Toni und Helene verschwanden flugs zur Hintertür hinaus.

Die alte Zinshofer öffnete, und die Kleebinderin stürzte außer sich herein. »Ist sie da?« schrie sie.

»Wer? Wenn du Helen' meinst, nein. Warum?«

»Oh, das schlechte, heillose Frauenzimmer!« zeterte die Kleebinderin. »Nicht umsonst hab' ich von Anfang an geahnt, daß kein Glück und kein Segen dabei sein kann, wenn einer mit dem Frauenzimmer geht! – Nun liegt er da, der Muckerl, wie ein überfahrener Hund – und verlangt noch nach ihr, der Narr! Nun soll er es gleich auch zu hören kriegen, daß sie nicht einmal daheim ist! Komm' nur, Zinshoferin, komm' und schau' dir selber an, wohin es mit einem Menschen kommt, der es mit einer solchen Schanddirn ehrlich meint. Komm' nur!«

Sie ergriff die Hand der Nachbarin und zerrte sie mit sich fort zum Haus hinaus.

Helene und Toni hatten hinter der Tür der Szene zugehört. Sie hatte sich zitternd und furchtsam an ihn geschmiegt. Jetzt löste sie die Arme von ihm. »Geh' jetzt!« sagte sie.

»Nein, wenn gleich auf dem Fleck die Welt unterginge, ich bleibe! Heut spielen wir die letzten Trümpfe aus. Halte auch du den Einsatz!«

Sie erschauerte, wollte reden, ihn fortdrängen, aber sie öffnete nur den Mund und seufzte mit einem Lächeln auf.

Ihre Arme sanken kraftlos herab. –

*

Am folgenden Tag war im Dorf von nichts anderem die Rede als von dem Überfall der Schwenkdorfer Burschen auf die von Zwischenbühel –, und der Toni vom Sternsteinhof hatte zu den Schwenkdorfern gehalten. Öffentlich hatte er die Zinshoferdirn zu seiner künftigen Bäuerin erklärt.

Das Matzner Sepherl besuchte gleich ihre alte Base, die Kathel, im Sternsteinhof auf und brachte eine ganze Schürze voll Neuigkeiten mit.

Die Knechte und Mägde vom Sternsteinhof, die gestern auch dabei gewesen waren, und bei denen die alte Wirtschafterin sofort Umfrage hielt, wollten mit der Sprache nicht recht herausrücken. »Was fragst denn noch herum, wenn schon alles weißt?« sagte schließlich ein Knecht.

Der Sternsteinhofbauer stand nachdenklich inmitten des Hofes, als die getreue Schaffnerin sich an ihn heranschlich. Er sann darüber nach, wo der Toni gestern wohl Roß und Wagen gelassen hatte; denn er war ohne Fuhrwerk heimgekommen.

Da raunte ihm die Kathel die Neuigkeiten ins Ohr, aber ehe er zu einer Entgegnung ausholen konnte, fuhr gerade der Müller von Schwenkdorf in den Hof, der das vermißte Roß und den Wagen brachte.

»Grüß Gott, Sternsteinhofbauer!«

»Grüß Gott,« entgegnete der Sternsteinhofer murrend und machte ein finsteres Gesicht. Von allen Menschen, die ihm zuwider waren, war ihm der alte Müller von Schwenkdorf der zuwiderste.

Der Müller blinzelte ihn boshaft an. »Ich bring dir da bloß Roß und Wagen. Der Toni hat's bei mir stehen lassen. Ein Mordskerl ist er, dein Toni! An dem wirst noch deine Freude erleben, Sternsteinhofbauer! Laß' dir erzählen: Er kommt angefahren, trommelt die Schwenkdorfer Burschen zusammen, fährt mit ihnen zurück nach Zwischenbühel, damit die Schwenkdorfer Dirndl ohne Tänzer dasitzen sollen. Am meisten hat es den Käsbiermartel verdrossen, denn er hat bald seine Sali zammpackt und ist heimgegangen. – Und bei euch da müssens auch nicht schlecht gerauft haben. Mein Bub liegt mit drei Löcher im Kopf da, daß man die Faust hineinlegen könnt'. Es geschieht ihm recht, dem Sakra. Aber wir haben es ja auch nicht anders gehalten zu unserer Zeit! Was? Oder?«

Der Sternsteinhofer runzelte die Stirn. An seinen Schläfen schwollen die Adern an.

Aber ehe er dem spöttischen Müller hinausgeben konnte, war der gegangen. Er schickte ihm nur noch einen schweren Fluch nach.

Darauf ging der Bauer ins Haus. »Wo ist der Toni?«

fragte er die alte Kathel.

»Der liegt noch im Bett.«

»Trage das Mittagessen auf!« befahl er und begab sich hinauf zur Schlafkammer seines Sohnes. Er pochte an die Tür.

»Ja?« kam es von drin.

»Schon wach? – Komm' zum Essen!«

»Ich mag nichts.«

»Du könntest einem wohl den Appetit verderben!« brummte der Alte, dann rief er laut: »Ein paar Löffel Suppe können deinem wüsten Magen nichts schaden! Komm' nur« –

Als sie einander bei Tisch gegenüber saßen, warf Toni ein paarmal einen Blick auf das Gesicht des Vaters, der mit finsteren Brauen vor sich hinstarrte.

Er wußte es also schon.

Toni legte den Löffel weg.

»Schon fertig?« fragte der Alte.

»Ja.«

»Soviel ich gehört hab', hast du dich gestern nicht recht lang in Schwenkdorf aufgehalten?«

»Nein, es war mir zu langweilig dort.«

»Und dann bist du wieder zurückgefahren.«

»Ja.«

»Und da hast dich besser unterhalten?«

»Ja, das schon ...«

»Gerauft sollst auch haben ...?« fragte der Alte weiter und sein Gesicht wurde immer düsterer.

»Bloß den Herrgottsschnitzer hab' ich hingelegt, daß er auf's Aufstehen vergessen hat.«

»Da kannst dir schon etwas einbilden drauf! Wenn er

klagt, können wir noch die Arztkosten bezahlen. Wie kommst denn da dazu?«

»Er wollt' mir seine Dirn nicht überlassen!« gestand Toni.

»Aha! Und da mußt du handgreiflich werden. Versteht sich. Bist wohl in die Dirn vergafft? He?«

»Ich kanns nicht leugnen.«

»Ist sie denn gar so sauber?«

»Eine solche hast du noch gar nie gesehen, Vater. An die kann nicht einmal unsere Mutter heran!«

»Das sagt nicht viel; deine Mutter war nicht besonders sauber, aber brav und tüchtig. – Wie heißt denn die Dirn?«

»Zinshofer Helen'.«

»Zinshofer? – Dann gehört sie wohl der zweifelhaften Alten da drunten mit ihrer z'sammgefallenen Hütte?«

»Ja, das ist wahr, haben tut sie nichts.«

»Trotzdem hör' ich, daß du gesagt haben sollst, du nähm'st sie zu deiner Bäuerin. Ist das wahr?«

»Ja, so hab' ich gesagt.«

»Das ist ein schlechter Spaß!«

»Es ist kein Spaß, Vater!«

»Du bist ein Narr!«

»Das kann schon sein, man sagt ja, die Liebe macht die Menschen zu Narren. Ich hab mir nur gedacht, da wir nun einmal den schönsten Hof haben, daß darauf eigentlich die schönste Bäuerin gehörte!«

»Du hast ja recht nette Gedanken, das muß man schon sagen! Die schlag' dir nur gleich aus dem Kopf! Darüber können wir uns nicht unterhalten. Ein Kind bist doch nicht mehr! Oder?«

Der Alte strich mit seiner großen, schweren Hand über das Tischtuch und erhob sich.

Toni folgte ihm und vertrat ihm den Weg. »Doch, Vater, wir müssen darüber reden! Ich kann die Helen' nicht mehr sitzenlassen und will es auch gar nicht; sie hat es schriftlich von mir!«

»Was schriftlich?«

»Mein Eheversprechen.«

»Dein Eheversprechen?« Der Bauer lachte spöttisch auf. »Da habt ihr etwas Geschicktes gemacht; erstens bist du noch nicht in den Jahren, daß du ohne Einwilligung ein Eheversprechen geben kannst, – und könntest du es, dann jagte ich dich auf der Stelle vom Hof! Verstanden? – Gott sei Dank, so hat es noch keine Gültigkeit, und wenn dir die Dirn Glauben geschenkt hat, war es dumm genug von ihr. Du kannst dir also in die Faust lachen!«

»Ob schriftlich oder mündlich, Vater, ich halte zu meinem Wort!« rief der Toni.

Der Sternsteinhofbauer blähte seinen Hals auf. »Du Himmelsakerments-Kerl, du!« brüllte er jetzt. »Du getraust dich, mir ins Gesicht zu trotzen! Ich denk', du hast noch zu tun, was ich will! Und du wirst einmal die Dirn heiraten, die ich für dich bestimmt habe! Verstanden?«

»Darauf kann ich dir nur sagen, Vater, daß ich keine andere heirate und von der Helen' nicht lasse! Verhindere es, wenn du kannst! Sperr' mich ein, so breche ich dir aus! Tu', was du willst, ich find' meinen Weg zu ihr!«

Der Alte fuhr mit beiden Händen an die Brust und schüttelte die Jacke. Nachdem er eine Weile nach Atem gerungen hatte, sagte er langsam und jedes Wort betonend: »Also, du läßt nicht von der Betteldirn? Und ich vermöchte dich nicht mehr von ihr abzubringen?«

Toni nickte trotzig.

»Gut, – damit hast du mir deinen kindlichen Gehorsam aufgesagt,« fuhr der Bauer mit drohender Stimme fort. »Versteh' mich wohl und überlege, was das heißt und welche Folgen sich daraus ergeben. Daß ich jetzt auch meine Hand von dir zurückziehe, darauf mache dich gefaßt!«

Dann ging er aus der Stube.

Toni blickte ihm verblüfft nach, doch später beruhigte er sich wieder. Er sagte sich, daß es für's erste noch ganz gut abgelaufen war. Er mußte eben morgen und übermorgen und immer wieder damit anfangen, bis es der Alte müde wurde und dann doch einmal in Gottesnamen nachgab.

Der Toni stahl sich aus dem Haus und eilte zum Dorf hinab. Es litt ihn nicht mehr daheim, er mußte zu der Geliebten ...

Und als er mit ihr im Stübchen beisammensaß und sie in seinen Armen hielt, da vergaß er, warum er eigentlich gekommen war.

Aber das Mädchen merkte, daß er etwas verstört war, und fragte ihn auch nach dem Grund.

Er beruhigte sie und log, daß alles recht gut stünde mit ihnen. Der Vater würde schon nach und nach seine Einwilligung geben ...

Unterdessen war im Sternsteinhof der Käsbiermartel eingetroffen, um sich beim Bauern über den Sohn zu beklagen.

Der Sternsteinhofer winkte verdrossen ab: »Ich weiß so schon alles!«

»So? Dann weißt wohl auch, daß aus dieser Hochzeit von unseren Kindern nichts mehr werden kann?!«

»Warum denn nicht?« brauste der Sternsteinhofbauer auf. »Ist dir auf einmal mein Bub' zu schlecht, oder deine Tochter zu kostbar?«

Der Käsbiermartel sah ihn groß an. Dann bewegte er den Mund, als hätte er einen Brocken wegzuschieben, ehe er sprechen konnte: »Wenn du mir so kommst, dann, frei heraus: Ja!«

»Käsbiermartel!«

»Was willst noch? Ich bin gekommen, um mich mit dir auszusprechen. Du weißt recht gut, daß es höchste Zeit ist, wenn wir deinen Sohn von den Soldaten frei bekommen wollen. Ich könnt' da ein gutes und wirksames Wort einlegen, das weißt du ...«

»Das gute und wirksame Wort kannst dir sparen, Käsbiermartel. Ich spare das andere,« murrte der Sternsteinhofer.

»Was soll das heißen?«

»Daß ich keinen Gebrauch mache davon und mich für deine Freundlichkeit bedanke.«

»Dann werden sie ihn demnächst zum Militär einziehen!«

»Das sollen sie auch.«

»So redest du jetzt, und hernach reut es dich!«

»Gott bewahre! Sie sollen ihn nur in die Uniform stecken, das ist gesund für solche Bürschchen und das einzige Mittel, um ihm seinen Trotz auszutreiben, mit dem er mir kommt, seitdem ich ihm verbiete, mit der nichtsnutzigen Zinshoferdirn zu gehen!«

Der Käsbiermartel zuckte bedauernd die Schultern. »Das kommt bloß von deinem ewigen Zuwarten! Hättest du mir gefolgt und meine Sali auf den Hof heiraten lassen, wäre ihm die andere nicht in den Sinn gekommen!«

Der Sternsteinhofer winkte verdrossen ab. »Beim Militär exerzieren sie ihm die Spinnereien schon wieder heraus. Verlaß dich drauf! Und für deine Tochter geht auch noch nichts verloren!«

»Drei Jahre muß sie warten!«

»Drei Jahre? Was sind drei Jahre? Die gehen schnell herum, und hast du bis dahin deine Sali noch nicht unter die Haube gebracht ...«

»Wegen deinem Sohn hänge ich sie nicht in die Räucherkammer, das darfst mir glauben!«

»Das sollst du auch nicht, sie bleibt auch so frisch. Ich sag' ja nur, wenn der Fall wäre, dann ...«

»... ja dann! Wann denn überhaupt?«

»Abwarten, Käsbiermartel!« – Ist die Zeit dazu reif, können wir immer noch darüber reden. Jetzt schütteln wir uns bloß gegenseitig die Galle auf.«

*

Zwei Menschen sahen sich in ihren Erwartungen getäuscht: Der Kleebinder Muckerl, der gehofft hatte, daß die Zinshofer Helene gleich am nächsten Tag an sein Krankenlager eilen, ihn beklagen und sich entschuldigen würde, aber das Mädchen blieb fern. Und der Toni vom Sternsteinhof, der einer Fortsetzung des Streites mit dem Vater entgegensah, aber der alte Bauer blieb stumm.

Statt der erwarteten Helen' kam das Matzner Sepherl zum Muckerl, um die Kleebinderin in der Pflege abzulösen. Es dauerte mehrere Tage und Wochen, bis der Verletzte das Bett verlassen konnte.

Aber es dauerte dann noch lang, bis er ohne Stütze zu seiner Werkbank gehen konnte. Er mußte ja arbeiten, um die größte Not vom Haus fernzuhalten.

»Wie froh bin ich, daß wir dich wieder so weit haben!« sagte Sepherl und schaute ihm bei seiner Arbeit zu. »Und jetzt hätte ich halt an dich eine große Bitte, Muckerl!«

»Sag' deine Bitte nur, Sepherl!«

Sie war ein wenig verlegen. »Ich habe ein Gelöbnis gemacht für den Fall, daß doch alles gut abgehen möge –, und jetzt bin ich allein nicht im Stand es zu halten. Du müßtest mir helfen, mehr noch, du müßtest das Größte tun. Ich trau' mich fast nicht, es zu sagen.«

»Sag's nur Sepherl! Ich bin dir viel Dank schuldig!«

»Dankes wegen verlange ich ja nichts, Muckerl! – Aber ich hab' der Muttergottes ein Bildnis versprochen in unsere Kirche. Das war freilich unüberlegt von mir, denn schnitzen müßtest es du, mir fiele nur das Aufstellen zu. Aber was du dafür verlangst, das will ich dir schon nach und nach abbezahlen.«

»Das wäre noch schöner, wenn ich von dir Geld nähme! Ganz umsonst schnitze ich dir eine Muttergottes, du bist mir ja auch umsonst beigestanden die ganze schwere Zeit!«

»Ich dank' dir halt vieltausendmal dafür, Muckerl!«

rief das Sepherl und schaute ihn zärtlich an. »Du hast mir einen Stein vom Herzen genommen! – Ich hab' mir gedacht, daß wir das Schnitzwerk aufstellen, wenn du von der Musterung heimkommst. Ich denk', zu den Soldaten werden sie dich doch nicht nehmen?«

Muckerl schüttelte den Kopf und schaute etwas wehmütig an seinem abgezehrten, schwächlichen Körper hinab. –

*

Für den Toni vom Sternsteinhof sollte es noch viel dicker kommen. Es war an einem Abend, daß in der letzten Hütte am Bach zwei Gesichter sich anstarrten, aus denen der letzte Tropfen Blut gewichen war.

Über die junge Liebe der beiden Menschen war das Verhängnis hereingebrochen …

»Du darfst mich nicht in der Schande sitzen lassen!« flüsterte das Mädchen.

Und der Toni antwortete mit heiserer Stimme: »Ich weiß mir da keinen anderen Rat, als daß ihr beide, du und deine Mutter, hinauf zum Hof und dem Alten unter die Augen müßt.« –

Am Morgen des folgenden Tages lag der Reif auf den jungen Gräsern, der unter den Strahlen der aufsteigenden Sonne flimmerte und glitzerte, als aus der letzten Hütte am Bach zwei Frauen kamen und mit fast schleichenden Schritten der Brücke zugingen.

Sie waren auf dem Weg zum Sternsteinhof und wollten dabei nicht gesehen werden.

Das Gesinde machte erstaunte Augen, als es am frühen Morgen schon die alte Zinshoferin mit ihrer schönen Tochter zum Hof kommen sah.

Die Junge schritt aufrecht an den Leuten vorbei, würdigte sie weder eines Grußes noch eines Wortes, und die Alte folgte ihr geduckt und scheu wie das böse Gewissen nach.

Man zuckte die Achseln und lachte hinter den beiden her. Man dachte an die Freude, die der Sternsteinhofbauer wohl an diesem Aufzug haben würde ...

Der Sternsteinhofer saß mit seinem Sohn gerade beim Frühstück. Er schaute verwundert auf, als es an die Tür klopfte. »Was ist denn schon?« sagte er und warf seinem Sohn einen Blick zu, der sogleich die Tür öffnete, um sein Erschrecken zu verbergen.

Die beiden Eintretenden sagten einen kaum hörbaren Gruß und blieben an der Schwelle stehen.

Der Bauer streifte sie mit einem unfreundlichen Blick und wandte sich an seinen Sohn. »Was soll damit sein?«

»Das ist sie, Vater,« antwortete Toni unsicher. »Ich hab' sie herbestellt, damit du sie kennenlernen sollst ...«

»So? Das war unnötig; denn diese Katz' kauf' ich auch nicht außer dem Sack,« war die mürrische Antwort.

»So grob sollst du nicht reden, Vater! Du siehst ja, wie du sie erschreckst! Du könntest dich an ihnen versündigen!«

Der Alte runzelte die Stirn. »Oho! Da bin ich aber neugierig, in wieweit ich mich an denen versündigen kann. Sie sollen auspacken damit, was sie mir zu sagen haben, und du mische dich nicht mehr ein, sonst sind wir gleich fertig!«

»Gut, Vater, ich werde meinen Mund halten, nur sollst

du dir merken, auf dein Verhalten kommt es an, wie wir zwei zukünftig zu einander stehen werden!«

Der Alte maß seinen Sohn mit einem drohenden Blick. »Schau' Bub, drohen solltest du nicht! Es führt zu nichts, das mußt du dir abgewöhnen.« Darauf wandte er sich an die Frauen. »So – und jetzt sagt, was los ist!«

Aber die beiden wollten nicht heraus mit der Sprache.

Da stand der Alte auf und ging nahe an das Mädchen heran. »Dich hätt' ich doch für kecker gehalten, wo du dich schon als künftige Bäuerin vom Sternsteinhof aufgetrumpft hast!«

»Der Toni hat es mir so versprochen,« entgegnete Helene leise. »Und wenn er zu seinem Wort steht, wirst du ihm doch keinen Vorwurf machen, Sternsteinhofbauer?«

»Solange es ein ehrbares Versprechen ist, soll es ein Mensch halten, – aber in dem Fall hab' ich auch noch ein Wort mitzureden, Dirn!«

»Das ist auch dein Recht.«

»Schau, daran hättest du eben früher denken sollen, bevor er es dir versprochen hat!«

Das Mädchen schaute ihn jetzt mit festen Augen an. »Ich hätte mich nicht daher getraut, wenn ich nicht wüßte, daß ich dir und deinem Haus keine Schande machen werde, Bauer. Drum bitte ich dich mit aufgehobenen Händen, laß' den Toni sein Wort halten! Mein ganzes Vertrauen werfe ich auf dich, Sternsteinhofbauer! Schau, ich hab' es sogar schriftlich von ihm!« Damit zog sie ein zusammengefaltetes Schreiben aus der Tasche.

Der Alte machte eine wegwerfende Handbewegung.

»Das hat keine Gültigkeit, Dirn!«

»Du sagst es und dir muß ich glauben. Aber ich lege es in deine Hand zurück, Bauer.« Sie drückte das Papier in seine Rechte und hielt sich mit beiden Händen daran fest. »Auch sein mündliches Wort, mein ganzes Leben und Glück, mein Hoffen und meine Ehre lege ich in deine Hand, und von dir erwarte ich es wieder!«

Sie sah ihn mit großen, flehenden Augen an, die sich langsam mit Tränen füllten.

Der Bauer wandte sich von ihr ab und der Alten zu, die schweigend daneben stand. »Zinshoferin, du wirst einsehen, das sind Kindereien! Es geht ganz einfach nicht! Mich dauert deine Dirn, aber das ganze Gejammer wäre uns allen erspart geblieben, wenn du auf deine Tochter besser achtgegeben hättest!«

Die Alte schaute nur schweigend zu Boden.

Der Sternsteinhofbauer entfaltete das Schreiben, überflog die Zeilen und schaute dann über die breite Achsel hinweg auf seinen Sohn. »Da sieht man, was dabei herauskommt, wenn unreife Buben sich in solche Sachen einlassen! – Ein paar Schreibfehler sind auch noch darin, laß' dir dein Schulgeld zurückzahlen!«

Darauf zerriß er das Papier in lauter kleine Fetzen, die er zu Boden fallen ließ.

Helene warf sich vor ihm auf die Knie. »Sternsteinhofbauer!« schrie sie auf. »So wahr du auf eine glückselige Sterbestunde hoffst, erbarme dich meiner Not! Ich habe ganz auf das Versprechen vom Toni vertraut! Sei nicht dagegen, daß er mir wieder gibt, was er mir genommen hat: meine Ehre!« Sie bedeckte mit den Händen das Gesicht.

Der Alte drehte sich heftig nach seinem Sohn um. »Lump, elendiger!« grollte er. »So weit ist es also schon mit dir, daß dir nicht einmal ein Gewissen daraus machst, die Dirn in Schande zu bringen! – Steh' auf, Dirn! Steh' auf, sag' ich!«

»Nicht eher, als bis du verzeihst und mich aufnimmst,« sagte sie unter Tränen.

»Sei g'scheit! Weil du unvernünftig warst, verlangst du, daß es auch andere sein sollen! – Geschehenes läßt sich nicht ungeschehen machen, aber was ich in diesem Fall zu tun habe, das werde ich tun! Der Sternsteinhofbauer läßt sich da keine Schurkerei nachsagen!«

Er ging zum Schrank und schloß auf.

Helene schaute ihm verzweifelt nach.

»Wie es weiter kommen wird, das weiß Gott allein,« fuhr der Bauer fort. »Aber wenn es notwendig werden sollte, werde ich auch künftig nicht meine Hand von dir abziehen. Für's erste nimm einmal das!« Er drückte ihr einen Bündel Banknoten in die Hand.

Da war das Mädchen in der Höhe und schaute ihm entrüstet ins Gesicht. »Geld? Geld bietest du mir? – Geld für meine Ehre?« schrie sie und warf die Banknoten ihm vor die Füße. »Dafür reicht mir gerade noch der Sternsteinhof! Weniger nicht ...« Sie preßte die Fäuste gegen die Brust. Die Sprache versagte ihr.

Der Alte zog die Stirn zusammen. Um seinen Mund bildete sich ein verächtlicher Zug. »Aha! Also auf den Sternsteinhof hast du's abgesehen gehabt, das merk' ich jetzt erst!« höhnte er. »Du bist eine Überschlaue du! Wäre der Toni nicht der Sohn vom Sternsteinhofbauern, hätte er dir nicht in die Nähe kommen dürfen! So ist es doch? Du hast dir zuerst sein Versprechen in Wort und Schrift geben lassen, ehe du dich ihm leichtsinnig hingegeben hast! Fein hast das eingefädelt, das muß man sagen! Aber, du siehst, ich bin ein alter Fuchs und geh' dir nicht ins Eisen. Sei also vernünftig und laß nicht da am Boden liegen, was dir allein zusteht! Das andere kriegst nicht!«

Er deutete auf die Banknoten am Boden.

Das Gesicht des Mädchens verzerrte sich, die Züge verkrampften sich, – dann taumelte sie zur Tür hinaus.

Sie hatte keinen Blick mehr für Toni, der trotzig dastand.

Die alte Zinshoferin aber blieb noch.

Stufe um Stufe wankte das Mädchen die Treppe hinab und zum Hof hinaus, nur noch von dem einzigen Gedanken beseelt: Gott möge sie den Tag erleben lassen, an dem sie dem protzigen Bauern das ganze zugefügte Leid und alle Schmach heimzahlen könnte.

»Was willst denn du noch?« schrie der Sternsteinhofer die Alte an. »Dir tut es wohl leid um das Geld?« höhnte er. »So nimm es doch! Aber sorge dafür, daß nicht zu viel Aufhebens im Dorf über die Geschichte gemacht wird! Da!« Er schob ihr mit dem Fuß das Geld zu.

Die Alte bückte sich, raffte die Banknoten zusammen und ging davon.

Jetzt regte sich der Toni. »Vater, ich hab' mein Wort gehalten und mich nicht eingemischt. Aber jetzt reden wir zwei miteinander!«

»Du hast viel zu reden, du!«

»Und wenn ich dir bloß sage, daß ich mit der Dirn zusammenziehe ...»

»Wohin denn?«

»Ich find schon einen Platz. Ich verdinge mich als Knecht.«

»Es wird dich kein Bauer nehmen.«

»Da täuschst du dich!«

»Du stehst vor der Musterung und wirst demnächst eingezogen, da nimmt dich keiner mehr.«

Toni erschrak. »Du läßt mich einziehen?«

»Jawohl.«

»Aber du hast doch mit dem Käsbiermartel verabredet …«

»Es ist längst anders ausgemacht!« knurrte der Alte.

»Nein, Vater, da schicke ich mich nicht drein! Niemals! Mach's kürzer und schlag mich lieber gleich tot!«

»Schaden wäre keiner um dich, aber für dich setze ich mich nicht ins Zuchthaus.«

»Dann tu' ich mir selber etwas an!«

»Schmarren! Die es tun, sagen es nicht, und die es sagen, tun es nicht!«

»Ich laufe davon, aber zu den Soldaten bringst mich nicht!«

»Dann führen dich halt die Gendarmen in Handschellen hin, wenn dir das lieber ist. – War dir der Vater zu gering, daß du ihn achtest und ihm gehorchst, so kriegst jetzt einen anderen Herrn. Vielleicht macht der dich noch zu einem ordentlichen Menschen. Ich will's wünschen.«

Dann fiel hinter dem Alten die Tür ins Schloß, und Toni war allein. Lange stand er voll düsteren Gedanken da und schlug sich ein paarmal mit der Faust gegen die Stirn. Er kam gegen den sturen Sinn seines Vater nicht auf und fühlte sich plötzlich unglücklich und verlassen.

Schließlich lief er aus der Stube, nahm seinen Weg hinab ins Dorf, ohne zu überlegen, wohin er gehen sollte. Mit Helene wollte er sich nicht treffen, er konnte jetzt ihr Gejammer und ihre Vorwürfe nicht hören. Damit war nichts besser zu machen.

Er kam erst spät in der Nacht heim. Beim Auskleiden schleuderte er einen Stiefel nach dem anderen gegen die Tür, daß es durch das stille Haus dröhnte. Er lauschte, und dann war es ihm, als hörte er den Vater in seiner Kammer fluchen.

Mit erhobener Faust schrie er: »Du Schinder!«

Dann warf er sich verzweifelt auf das Bett. –

Tagelang wurde er nicht gesehen, er kam nicht einmal zur Nacht heim. Da war er drüben in Schwenkdorf beim Müller. Zusammen mit Simerl, dem Müllersohn, stellte er sich der Musterung zu den Soldaten und trug dann wie alle dazu Aufgebotenen und für tauglich Befundenen den Strauß am Hut.

Und der alte Sternsteinhofbauer schwieg. Er rührte keinen Finger mehr für seinen Sohn und überließ ihn seinem Schicksal.

Vergeblich wartete in der letzten Hütte drunten am Bach ein Mädchen auf ihn, aber es verging ein Tag nach dem anderen. Entweder hatte der Toni nicht mehr den Mut, der geschmähten Geliebten unter die Augen zu treten, oder er wollte sich ihrer nun selbst entledigen, indem er sich dem Willen des Vaters unterwarf.

Helene wußte nichts von seinem zerrissenen Gemüt. Anfangs wartete sie auf ihn, jeden Tag bis spät in die Nacht hinein. Sie wollte nicht glauben, daß er ihr gar nichts mehr zu sagen hatte.

Die Enttäuschung war bitter.

Sie sahen sich erst wieder, als die Rekruten sich am Tag der Einberufung in Marsch setzten und das Dorf verließen. Singend und lärmend zogen sie auf der Straße zur Stadt in die Kaserne.

Als sie das Dorf schon eine weite Strecke hinter sich hatten, sah Toni die Zinshofer Helene am Weg stehen. Sie hatte sich hinter einem Busch versteckt gehalten und trat nun hervor.

Den Toni befiel ein ganz unbehagliches Gefühl, es war nicht allein das Gewissen, das sich in ihm regte, er fürchtete auch, daß sie ihm auf offener Straße eine Szene machen könnte. Wozu stand sie sonst da?

Die Kameraden grinsten.

»Da schau' hin, Toni! Ich glaub' du kriegst noch einen Kuß mit auf den Weg!« scherzte einer.

Toni trat aus der Reihe und auf das Mädchen zu.

Die Kameraden marschierten weiter.

Als er ihr wieder gegenüberstand, fiel ihm zunächst ihre Schönheit ins Auge und der Verlust auf das Herz. Er hatte erwartet, verweinte Augen und ein vergrämtes Gesicht zu sehen, einen bitter enttäuschten und gebrochenen Menschen, aber sie stand stramm und entschlossen vor ihm, schöner denn je.

Da zuckte es ihm in den Händen, die nach ihr greifen wollten, um sie an sich zu ziehen. Auf seiner Zunge schwebte die Frage, ob sie ihm treu bleiben möge, solange er fern sein müßte. Er wollte ihr sagen, daß es nichts gäbe, was ihn von ihr noch trennen könnte ...

Lächelnd öffnete er die Lippen.

Da trat sie hart an ihn heran. Ihre Augen funkelten. »Schuft!« schrie sie und spuckte ihm ins Gesicht.

Aufstöhnend holte er mit der Faust aus, aber sie lief schon davon, zurück ins Dorf, ohne sich noch einmal nach ihm umzuschauen.

Das Gelächter der Kameraden brachte ihn zur Besinnung. Er holte sie ein, versuchte die Tränen des Zornes zu unterdrücken und ein heiteres Gesicht zu machen. »Vorwärts!« rief er. »Das wäre überstanden!«

»Bravo, Toni!«

Singend und lärmend zogen die Rekruten weiter.

Helene war in fliegender Hast zurückgeeilt ins Dorf. Sie erreichte gerade noch ihre Hütte, dann brach sie vor der Schwelle unter krampfigem und stoßendem Schluchzen zusammen.

Die Tür ging auf und die alte Zinshoferin zog sie hinein ins Haus. »Dummes Ding!« schimpfte sie. »Mußt du ein solches Aufsehen machen!« –

*

Nach dem lärmenden Abzug der Rekruten war es ziemlich still geworden im Dorf. Die Bauern, deren Söhne fortgenommen wurden, fluchten leise, denn sie entbehrten recht häufig die helfende Arbeitskraft, und jene, die sie behalten durften, waren auch nicht zufrieden und sagten bei jeder Gelegenheit: »Kerl, mir tut nur leid, daß man dich nicht eingezogen hat, und wenn sie dich heut noch holen wollten, gleich könnten sie dich haben!«

Die so sprachen, dachten nicht daran, was aus den Söhnen würde, wenn ein Krieg ausbräche; denn dann bekam das Soldatentum, auf das manche so stolz waren, ein ganz anderes Gesicht ...

Wie nicht anders zu erwarten, hatte der Muckerl keinen Strauß am Hut von der Musterung heimgebracht. Man hatte ihn für untauglich befunden.

Die alte Kleebinderin war heilfroh darüber. Was hätte sie nur getan, wenn man ihr den Ernährer weggenommen hätte!

Er durfte weiterhin an seiner Werkbank sitzen und arbeiten.

Am Sonntagnachmittag nach dem Andachtssegen kamen des öfteren die alte Matzner mit ihrer Tochter Sepherl ins Kleebinderhaus zu Besuch.

Da sagte der Muckerl einmal zu dem Mädchen: »Du, Sepherl, die Muttergottes, die du bei mir bestellt hast, ist fertig.«

Sie folgte ihm in die Werkstätte, wo die Statue auf dem Arbeitstisch stand.

Staunend stand das Sepherl vor dem Bildwerk. »Ach, ist die schön!«

Muckerl schmunzelte.

Von allen Seiten betrachtete das Mädchen die Figur. »Fast zu schön ist sie! Weißt, Muckerl, deine Heiligen kommen mir doch alle vor wie reicher Leute Heilige,« kritisierte sie dann.

»Was meinst du damit?«

»Sie sind halt alle so, wie die reichen Leute sie gern sehen, weißt, so weltlich, daß man beim Anschauen auf ganz andere Gedanken kommen kann, nicht wie sie sein sollten ...«

»Wie sollten sie dann nach deinem Dafürhalten ausschauen?« fragte er etwas gereizt.

»Ich kann es nicht sagen, aber so nicht; so hat die Muttergottes ganz gewiß nicht ausgeschaut. Weißt, wem sie gleicht? Haarscharf der Zinshofer Helen'! Jawohl!«

»Weht der Wind von *dem* Eck? Soll sie vielleicht dir gleichen?« rief der Muckerl mit zornrotem Gesicht.

Das Mädchen erschrak. »Mußt mir nicht bös sein, Muckerl; ich wollt' dich nicht erzürnen. Und so hoffärtig bin ich nicht, daß ich mir einbilde, du solltest etwas nach meinem Aussehen schnitzen. Aber die Leut' würden in der Muttergottes die Zinshoferdirn erkennen und Anstoß nehmen. Das wäre eine Schändung der heiligen Jungfrau! Siehst das nicht ein?«

»Sakerment!« fluchte der Muckerl. »Dann soll es gleich der Teufel holen!« Er griff nach dem Schnitzmesser und ging auf die Statue los.

»Gott verzeih' dir die Sünd', Muckerl!« rief sie erschrocken und fiel ihm in die Hand.

»Laß' nur!« beschwichtigte er sie. »Sie wird gleich anders aussehen.«

Er begann zu schnitzen, veränderte den feinen Bug der Nase und den zarten Schwung der Nüstern ins Rundliche, und die Madonna trug nun, obwohl es ihr gar nicht zu Gesicht stand, Sepherls Nase.

Davon ahnte das Mädchen nichts, aber es war überglücklich, daß die lästernde Ähnlichkeit mit der Zinshoferdirn verschwunden war.

Er gab ihr die Statue mit, die sie in die Kirche tragen sollte.

Und schon am nächsten Morgen, noch ehe die Glokken zur Messe läuteten, war das Sepherl mit der neuen

Muttergottesstatue auf dem Weg zum Gotteshaus.

»Heilige Jungfrau, ich möcht dich halt recht schön bitten, daß du dem Muckerl beistehst,« betete sie. »Damit er ganz gesund wird und einsehen möchte, wie schlecht die Zinshofer Helen' ihn hintergangen hat! Und wenn es dir recht wäre, hätte ich nichts dagegen, wenn seine Liebe auf mich fallen würde. Ich würde ihm schon treu bleiben ...«

*

Nachdem man die Zinshofer Helene lange nicht mehr gesehen hatte, arbeitete sie eines Tages im Garten. Als der Muckerl das bemerkte, ging er vor das Haus und nahe an den Zaun heran. Dort blieb er stehen, wagte aber kein Wort zu sagen.

Sie hielt sich von ihm abgewandt, obwohl sie ihn gehört haben mußte. Auch sein Schatten fiel auf das Beet, in dem sie jätete.

Aber sie tat, als hätte sie nicht darauf acht.

Er blieb hartnäckig stumm und wartete.

Endlich räusperte sie sich und sagte, ohne aufzublikken: »Bist du mir noch bös, Muckerl?«

Er antwortete nicht, deshalb wandte sie ihm ihr Gesicht zu. Ihre Augen schauten verweint aus.

Da schüttelte er traurig den Kopf.

Sie stand auf, wischte die Hände an ihrer Schürze ab und kam heran. »Gib mir deine Hand, Muckerl!«

Er streckte ihr seine Rechte hin. »*Ich* bin dir doch nicht bös, Helen'!«

Sie sah ihn überrascht an. »Ich dir doch auch nicht!«

Er legte die Hände auf seine Brust und atmete herb auf. »Wie hast du mir das nur antun können, Helen'!«

Sie blickte beschämt vor sich nieder. »Das weiß ich selber nicht,« antwortete sie mit harter, rauher Stimme. »Mich muß der Teufel geritten haben! – Aber Geschehenes läßt sich nicht mehr ungeschehen machen.«

»Aber es läßt sich vergessen, Helen'!«

»Das mag dir für deinen Teil leichter fallen, Muckerl, die Mannsbilder sind da besser daran als wir Frauen. Ach, reden wir von etwas anderem: Darf man bald gratulieren?«

»Wem? Und wozu?«

»Ich meine dir und dem Matzner Sepherl?«

Es berührte ihn peinlich und verlegen schlug er die Augen nieder. »Du bist da falsch informiert, Helen'!« sagte er dann. »Daran denkt keines von uns.«

»Aber die Sepherl rechnet damit! Sie hat schon eifersüchtige Reden gebraucht, als wir noch miteinander gegangen sind.«

»So?« Der Muckerl seufzte. »Sie ist eine brave Dirn und sie würde mich dauern, wenn es so wäre, wie du sagst. Dich kann sie mir nicht ersetzen, Helen'!«

»Es gibt aber kein Zurück mehr, Muckerl!«

»Warum denn nicht?« rief er heftig. »Jetzt, wo der Störenfried fort ist, kann es zwischen uns wieder werden, wie es war.«

»Wie es war, Muckerl? Daß wir uns heiraten wollten?« Sie lachte schrill auf, fast höhnisch. Dem Muckerl tat es weh in den Ohren.

Dann fuhr sie mit unterdrückter Stimme fort: »Ich meine, nach dem Geschehenen wirst du dir das überlegen, Muckerl. Du kannst nicht gutmachen, was ein anderer verdorben hat!«

»Ich versteh' dich nicht, Helen'. Wenn du immer noch an meiner Ehrlichkeit zweifelst, hast du eine ganz falsche Meinung von mir!«

Sie trat ganz nahe an ihn heran. Nur der Zaun trennte sie von einander. »O du Dummerl! Was weißt du davon! Ja, gegen dich war der Sohn vom Sternsteinhof ein Grobian, – gegen mich aber war er ein Schuft! Daß ich dich verlassen und mich mit ihm eingelassen hab', das habe ich jetzt schwer genug zu büßen. Er hat mir versprochen, mich zur Bäuerin des Hofes zu machen, und ...«

Sie brach ab und hielt die Hände vor ihr Gesicht.

»Helen'!«

Sie schaute ihn mit flackernden Augen. »Warum soll ich dir für deine Ehrlichkeit verschweigen, was sich bald nicht mehr vor den Leuten verbergen läßt? In Schande hat er mich gebracht!«

Muckerl wurde kreidebleich, sein schmächtiger Körper zitterte.

Sie starrte ihn an, griff nach seinen Armen und schüttelte ihn. »Nein, Muckerl, – nein! Es ist nicht wahr!«

Er schüttelte den Kopf, seine Augen wurden feucht.

Da drückte sie den Kopf an seine Brust und schluchzte: »Doch, es ist wahr, – ja, es ist wahr! Ich bin verloren! Stoße mich weg von dir! Ich bin deiner nicht wert!«

Seine Hand fuhr zitternd über ihren Scheitel.

»Ach, wärst du mir je einmal gekommen, nur halb so aufdringlich wie dieser Lump, – ach, es könnte heut alles anders sein!« stöhnte sie.

Schweigend und schwer atmend schaute er auf sie nieder. Immer noch streichelte seine Hand zitternd über ihren Scheitel.

»Ich kann nicht ohne dich sein,« stammelte er dann kaum hörbar. »Und wenn ich dich trotzdem zu meinem Weib nähme, dann ...«

Sie richtete sich auf. »Für diesen Fall,« unterbrach sie ihn. »Hör', Muckerl, das muß ich dir sagen, ehe du weitersprichst. Für diesen Fall, so wie ich heut vor dir stehe als eine Dirne im Unglück, muß ich jedes Mitleid dankbar hinnehmen. Nähmest du mich aber trotzdem zu deinem Weib, müßte ich von dir verlangen, behandelt zu werden, wie jedes andere. Du darfst mir nie sagen, daß du mich nur aus Mitleid geheiratet hättest, noch darfst du mir die Vergangenheit vorwerfen!«

»Ich werde für dich sorgen und auch für dein Kind!«

»Muckerl!« Sie sah ihm beschwörend in die Augen.

Er hielt ihrem Blick stand. Güte, Liebe, unendliche Liebe schaute aus seinem Gesicht.

»Daß du mich so lieb hast ...!« schluchzte sie.

Behende sprang sie über den Zaun.

»Ach, Muckerl!«

Sie hielten sich in den Armen.

Vom Haus drin ertönte eine Stimme. »Muckerl! Komm' zum Essen!« Es war die Kleebinderin. Gleich darauf erschien sie unter der Tür und stieß einen entsetzten Schrei aus.

Muckerl ging auf sie zu. »Brauchst nicht erschrecken, Mutter, wir sind wieder gut geworden, ich und die Helen'!«

Die Alte schenkte dem Mädchen keinen Blick. Sie stand nur verstört da und rang die Hände. »Komm'!« sagte sie dann und kehrte ins Haus zurück.

Helene war über den Zaun zurückgeklettert und war verschwunden.

Muckerl schaute sich nach ihr um und folgte der Mutter hinein. –

*

Nun nahm das Schicksal seinen unabänderlichen Weg, gleichviel, ob es zum Glück oder zum Verderben dieses oder jenes Menschen führte, entscheidend dafür war lediglich der Wille, und der Muckerl wollte nun einmal unbedingt die Tochter der Nachbarin zu seinem Weib haben.

In ihrer Sorge und Verlassenheit suchte die alte Kleebinderin oftmals ihre Freundin, die Matzner Resl, auf, und war es nur deshalb, um sich mit einem Menschen aussprechen zu können.

Muckerl steckte jetzt in jedem freien Augenblick mit der Zinshofer Helene beisammen, mitten unter dem halben Tag konnte er das Schnitzmesser aus der Hand werfen und ins Nachbarhaus hinüberlaufen.

»Weißt, Matznerin, ich könnte krank werden vor Ärger und Kummer. Der Bub wendet sich immer mehr von mir ab, und ich seh' es schon kommen, wenn die als junges Weib im Haus sein wird, muß ich mir in alten Tagen noch um eine fremde Unterkunft umschauen.«

»Aber, Kleebinderin, so weit wird es nicht kommen!«

Sepherl eilte herzu und wollte sie ebenfalls trösten. »Nein, das läßt der Muckerl niemals zu!« –

Und eines Tages wurden der Kleebinder-Muckerl und die Zinshofer-Helene von der Kanzel aufgeboten.

Seitdem der alte Pfarrer von Zwischenbühel seinen Aufgaben nicht mehr so recht vorstehen konnte, hatte man ihm einen Hilfsgeistlichen, einen jungen Kaplan, zugesellt, der aber wegen seiner Strenge, hauptsächlich im Beichtstuhl, von den jüngeren Pfarrangehörigen gefürchtet und gemieden war. Man ging mit seinen Sünden lieber zum alten Pfarrer, der mehr Verständnis hatte für die Schwächen der jungen menschlichen Natur; er hatte die größere Erfahrung, den besseren Einblick und legte einen milderen Maßstab an.

Auch wegen der Trauung des Kleebinder Muckerl mit der Zinshofer Helene war es zwischen dem alten und jungen Geistlichen zu einer Attacke gekommen. Dem Kaplan ging die Heiraterei zu rasch, er sah darin eine Entwürdigung des Sakramentes, weil die rechte Vorbereitung dazu fehlte. Außerdem hatte er über das Mädchen schon mancherlei Unrühmliches munkeln hören.

Aber der alte Pfarrer vertrat die Ansicht, daß gerade in diesem Fall, wo zu hoffen sei, daß das Mädchen in einen besseren Umgang und somit auf einen saubereren Weg komme, das große Wort des Herrn zur Geltung käme: »… der werfe den ersten Stein auf sie.«

Dagegen konnte auch der strenge und weise Kaplan nicht an.

Und als es das Unglück wollte, daß der alte Pfarrer nicht daheim war, als die Zinshofer Helene die Kirchbergstufen hinaufschritt und an der Hausglocke zog, sollte er noch näher mit der Macht einer reuigen Menschenseele in Berührung kommen, die die Grundfesten seiner starren Gesetzauffassung erschütterten und an ihre Stelle die Gnade zu setzen verlangte.

Freilich, die Dirn erschrak, als statt des erwarteten alten Geistlichen der Kaplan die Tür öffnete. »Bitte?«

»Ich bin die Zinshofer Helen' – die Braut ...«

Der Kaplan nickte. »Und?«

»Ich tät' halt gern beichten –, und wenn ich nicht ungelegen käme, wollte ich den Herrn Pfarrer in die Kirche bitten.«

Der junge Geistliche nickte. »Geh' voraus und bereite dich vor! Ich komme sogleich.«

Helene kniete in der Kirche, wurde von der unheimlichen Stille umfangen. Sie preßte die Hände gegen die Brust, als der Kaplan an ihr vorbeischritt, die Stola aus der Sakristei holte und sich in den Beichtstuhl setzte.

Und dann kniete sie vor dem Sprechgitter und sagte ihre Beichte hinein. Vielleicht zum ersten Mal hatte der junge Geistliche Gelegenheit, in die Tiefe einer menschlichen Seele zu blicken, die sich in dunkelste Verliese verirrt hatte.

Sein Gesicht wurde finster und steinhart.

Das Mädchen sah es durch das Gitter und erschrak. Trotzdem bemäntelte sie nichts, sie zeigte ihren schlechten Willen und alle ihre Schwachheiten auf, – und brach dann in ein krampfhaftes Schluchzen aus, wobei sie ihre Stirn an dem Gitter blutig scheuerte.

Und da geschah es, daß der Kaplan beruhigend und tröstend auf sie einsprach. Es war über ihn gekommen wie eine Offenbarung, warum der Herr, an dessen Statt er nun seines Amtes waltete, gerade die des Trostes und der Führung Bedürftigen, also die Beladenen und Sünder, seiner Liebe teilhaftig werden ließ.

Vielleicht noch nie hatte er die Absolution so feierlich und andächtig gesprochen wie jetzt …

Er trat aus dem Beichtstuhl und begegnete dem jungen, schönen Weib. Er schaute in das bleiche, erregte und fromme Antlitz und war ergriffen davon.

Nur flüchtig berührte er mit der Hand ihren Scheitel und hieß sie mit leiser Stimme in Frieden gehen.

Helene raffte sich auf und floh aus der Kirche. Hinter ihr schloß der junge Geistliche die Pforte ab.

Es begann zu dämmern …

*

Wenige Tage vor der Hochzeit erkrankte die alte Kleebinderin und mußte sich ins Bett begeben.

Das war mit ein Grund, warum es nur eine stille Trauung gab.

Helene holte ihre Sachen hinüber ins Kleebinderhaus, es war nicht viel und konnte in ein einziges Bündel zusammengeschnürt werden.

Die alte Zinshoferin saß recht nachdenklich und bedrückt auf der Gewandtruhe, als Helene ein letztes Mal das Stübchen betrat. Noch einmal durchwanderte das Mädchen die Stätte seiner Kindheit, in der es bis heut ihr kleines Leben zugebracht hatte.

»Schau', Mutter, jetzt hast du den ganzen Raum für dich allein; das wird dir auch gut tun,« sagte sie und ergriff das Bündel. »Gut' Nacht!«

Von da ab schaltete die Zinshofer Helen' als junge Frau im Kleebinderhaus. Sie fragte nicht, wie es bis heut gehalten worden war, und die alte Kleebinderin konnte sich nicht einmischen; sie lag krank im Bett. Sie konnte also auch nicht, wie sie es vorgenommen hatte, das Haus verlassen. Ihr Sinn wandelte sich, und ihr letzter Wunsch war, in ihrem alten Haus sterben zu können. Aber zur Last wollte sie den Jungen nicht fallen, deshalb verhielt sie sich still und genügsam.

Wenn die junge Frau das Haus verließ, dann legte der Muckerl das Werkzeug aus der Hand, als hätte er nur darauf gewartet, und dann lief er in die Kammer der Mutter, setzte sich an das Bett der Kranken und hielt ihre Hand, bis er die Hitze als eine Qual empfand und den Griff lockerte.

Er hätte weinen mögen und durfte es ihr doch nicht zeigen, wie schlimm es um sie stand.

An einem Nachmittag des Monats August war es, als er wieder einmal die Krankenstube betrat, daß er die Mutter verändert vorfand. Ihr Gesicht war fahler, die Augen eingefallen. »Wie geht es, Mutter?« fragte er erschrocken.

»Nicht gut, es geht halt langsam dem Ende zu,« war die mutlose Antwort.

Er schüttelte den Kopf. »Nein, nein, Mutter!«

»Daran ist nichts zu ändern,« fuhr sie mit matter Stimme fort. »Freilich, dich wird es schmerzen, wenn du mich nicht mehr hast; wir sind lange beisammen gewesen. Aber dein Weib wird froh sein!«

»Mutter! So darfst du nicht reden!«

»Ich muß es dir sagen. Das Sterben käme mich leichter an, wenn diese Heirat nicht gewesen wär'. Aber du hast es halt so wollen, und ich habe mich dareingeschickt. Es tut mir nimmer weh heut, daß sie zu mir so ungut ist.«

»Das ist sie nicht, Mutter!« wollte er sein Weib verteidigen.

Aber sie winkte ab. »Heut Vormittag war die Matzner Sepherl da und hat berichtet, daß der alte Kleinleitner Paul, der viele Jahr' schon krank dagelegen hat, gestorben sei. Und die Antwort der Helen darauf war: Alle Leut' können sterben, bloß die Alte nicht! Jawohl, das hab ich in meine eigenen Ohren gehört!«

»Das hat sie bestimmt nicht so bös gemeint, Mutter!«

»Wie sie es gemeint hat, ist mir heut gleich.«

»Mußt ihr halt so ein unbesonnenes Reden verzeihen, Mutter! Du sollst daran denken, wie lieb ich dich hab'!« Er streichelte über ihre bleichen Wangen.

Sie nickte und ihre Augen schimmerten feucht.

Als der Monat vorbei war, sagte die Kranke: »Ich hätt' nicht geglaubt, daß ich den Ersten noch erlebe.«

Ihr Leiden nahm zu, und oft stieß sie nur noch den einen Wunsch aus: »Ein Ende möchte ich, endlich ein Ende!«

Daran brach der Muckerl zusammen und weinte.

Sie aber tröstete ihn: »Laß' es gut sein. Wir können's nicht ändern.«

Dann kamen die schweren Tage und Nächte des Sterbelagers. In dieser Zeit war dem jungen Weib kein Vorwurf zu machen; sie wich nicht mehr von der Seite der Kranken, sie pflegte sie unverdrossen Tag und Nacht und machte nebenbei auch noch ihre Hausarbeit.

Und als sie glaubte, die Alte läge in den letzten Zügen, holte sie den Muckerl aus der Werkstätte. Sie standen nun beide bei ihr, bis der letzte röchelnde Atemzug versickerte und die furchtbare Stille eintrat.

Helen drückte der Toten die Augen zu.

Die Blätter an den Bäumen fingen eben an zu vergilben, als man die alte Kleebinderin ins Grab senkte.

Nach der Beerdigung eilte Helene voraus. Sie wollte das Haus lüften, um den Totengeruch hinauszubringen.

Als der Muckerl vom Grab wegging, war die Matzner Sepherl an seiner Seite, um ihm ihre Teilnahme auszusprechen.

Der Bildschnitzer preßte seine Hände an die Brust, und mit würgender Stimme stieß er es heraus: »Es ist arg!«

Das Mädchen wußte nicht gleich, was er damit meinte. Der Tod der Mutter allein konnte ihn nicht so zerbrechen.

»Sie mußte heim, um das Haus zu lüften!« fuhr er bitter fort. »Oh, sie lüftet gern! Recht gern!«

»Das muß sie ja auch!« meinte Sepherl.

»Sie ist froh, daß meine Mutter aus dem Haus ist. Glaub' mir, Sepherl!«

»Jesus, Maria!«

Er nickte ihr mit tränennassem Gesicht zu und ging weg. –

*

Zwei weitere Monate gingen noch herum, dann wurde in der Hütte des Zwischenbüheler Bildschnitzers ein neuer Mensch geboren. Es war ein Knabe, dem man den Namen vom verstorbenen Vater Muckerls gab: Johann Nepomuk.

Helene betreute das Kind sorgfältig, aber sie liebkoste es nur dann, wenn sie besonders guter Laune war. Der Mann hatte oft Bedauern mit dem armen Wurm und nahm das Kind auf seinen Arm, bis Helene es ihm einmal von der Seite riß und rief: »Wozu das? Es kommt ihm nicht zu! Es reicht, wenn du dein Wort hältst, es zu füttern. Ein weiteres Recht hat es nicht.«

Muckerl mußte sich sagen, daß doch alles ganz anders gekommen war, als er es sich gedacht hatte. Wohl schaute er oft bewundernd zu dem jugendschönen, stattlichen Weib auf, sah den praktischen und überlegenen Sinn, mit dem sie die Wirtschaft führte und das Leben meisterte, aber mit demselben Sinn wog sie genau ab, was jedem an Rechten und Pflichten zukam, ihm, dem Mann, und ihr, dem Weib mit seinem Kind.

Und immer wieder erinnerte er sich daran, wie sie die letzten Lebenstage seiner Mutter verbittert hatte. Er wurde immer müder in seinem Herzen.

Sie war umstrittene Herrin im Haus. Aber in welchem? Wer war sie? Nur das Weib des Herrgottschnitzers. Wenn sie am Abend mit dem Knaben auf dem Arm vor die Tür trat und zum Sternsteinhof hinaufschaute und die Fenster in der Abendröte erschimmern sah, dann hätte sie gern die Steine von der Straße aufgehoben und die Scheiben dort eingeworfen.

Wenn die Fenster gar zu feurig funkelten, dann streckte auch das Kind seine Hände danach aus, als könnte es danach greifen.

»Dummer Fratz!« sagte sie. »Meinst wohl, du könntest ihn haben? Du bist bloß des Herrgottschnitzers Kind! – Oder? Soll ich es als eine Vorbedeutung nehmen? Spürst du dein Blut, kleiner Sternsteinhofer ...?«

Sie erschrak an ihren eigenen Worten und schaute ängstlich um sich.

Aber ihr Mann saß in der Werkstätte, verkrümmt und verkümmert, er schnitzte, pinselte und lackierte. –

*

Nach dreijähriger Militärdienstzeit kehrte der Toni vom Sternsteinhof heim. Es gab zwischen Vater und Sohn eine gar eigentümliche Begrüßung.

Die beiden hatten in der langen Zeit nur wenig von einander erfahren. Schreiben war nicht ihre Sache. Als der Toni sein Kommen anzeigte, schickte der Alte einen Knecht mit dem Steirerwägelchen zum Bahnhof und ließ den Sohn heimholen.

Als dann der Wagen in den Hof rasselte, stand der Sternsteinhofer unter der Tür und betrachtete den Heimkehrer recht aufmerksam.

»Da wär' ich wieder, Vater,« rief Toni. »Grüß Gott!«

Der Alte nickte. »Ja, da bist wieder und hast es überstanden.«

»Reservist bin ich halt jetzt.«

Die Augen des Alten musterten immer noch die junge Gestalt. »Schaust gut aus! Es muß dir nicht schlecht ergangen sein!«

»Das hätt' mir gerade noch gefehlt!« Toni wanderte jetzt unruhig hin und her. »Bei dem langen Fahren wären mir bald die Füß' eingeschlafen.«

»Willst etwas essen?«

»Nein, aber ein bißchen herumlaufen möcht ich draußen. Hast etwas dagegen?«

»Gewiß nicht.«

Toni ließ die Hand an den Hutrand schnellen, wie beim militärischen Gruß, schwenkte um und ging davon.

Er lief zum Dorf hinab und schlenderte den Bach entlang. Hier und dort rief ihn jemand an, neugierige Fragen wurden laut, aber er fertigte alle kurz ab.

Nahe an der vorletzten Hütte, wo der Herrgottschnitzer hauste, spielte ein Kind im Sand. Er ging darauf zu und betrachtete es von allen Seiten. Sein Verwundern wurde immer größer, denn er endeckte in dem Gesichtchen untrügbare Merkmale seiner Herkunft.

Eben wollte er sich zu dem Kind hinabbeugen –, da stürzte ein junges Weib herbei und riß den Kleinen an sich.

Es war Helene.

Mit funkelnden Augen schaute sie ihn an. »Du rühr' mir bloß das Kind nicht an!« rief sie.

»Meinst, ich hab' die Pest an mir?«

Sie gab ihm keine Antwort, nahm das Kind an der Hand und zerrte es mit sich fort ins Haus. –

Als der Sternsteinhofbauer mittags den Teller von sich schob und sich bequem in den Sessel lehnte, blinzelte er seinen Sohn an. »Nun, was gibt's denn für Neuigkeiten?«

Toni zuckte nur die Schulter.

»Meinst wohl, ich hätt' es nicht erraten, was im Dorf zu suchen hast? Hoffentlich war es nicht umsonst und hast wenigstens das Weib vom Herrgottschnitzer gesehen!«

Der Alte war immer noch der gleiche Spötter.

»Begegnet sind wir uns sogar,« entgegnete der Sohn mürrisch.

»So? Und ...?«

»Ich bin recht ungnädig empfangen worden.«

Der Alte lachte. »Es geschieht dir recht. Das hätt' ich dir voraussagen können, einbilderischer Kerl! Sie hat es nie auf dich abgesehen, sondern bloß der Hof hat ihr in die Augen gestochen. Dumm wärest, wenn dir noch einen Gedanken daraus machen solltest!«

»Fällt mir gar nicht ein!«

»Zeit wär's, daß einmal vernünftig wirst!«

»Da kannst sicher sein, Vater!«

»So sagt auch das Beichtkind zum Pfarrer.«

»Sorge dich nicht, du hast mich vernünftig genug g'macht.«

Der Alte lachte, – aber er hätte es besser unterlassen. –

Am folgenden Tag sagte Toni zu seinem Vater. »Hast etwas dagegen, wenn ich heut ein paar Kameraden besuch'?«

»Tu', wie du willst. Daß du dich nicht gleich in die Arbeit stürz'st, hab' ich mir so gedacht. Und wohin geht die Reise?«

»Nach Schwenkdorf.«

»Ist mir recht.« –

Einige Stunden später trat Toni in Käsbiermartels Stube ein. Er fand dort Sali, sie war bei einer Näharbeit.

»Grüß Gott!« sagte er.

»Auch so viel,« entgegnete sie stolz und kurz und wandte sich gleich wieder ihrer Arbeit zu. »Der Vater wird gleich kommen.«

Er näherte sich ihr. »Ich sehe, du bist mir bös, und du hast auch ein Recht dazu. Drum bin ich eigentlich da, und es ist mir recht, daß ich dich allein antreffe. – Ich hätt' dich um Verzeihung bitten mögen, Sali, und daß du mir nichts mehr nachtragen möchtest!«

»Weil gar so schön drum bittest, soll dir alles verziehen sein, und nachtragen werde ich dir nichts, Toni!«

»Gib mir deine Hand darauf, Sali!«

Sie reichte ihm die Hand und lächelte ihn versöhnt an.

»Meine liebe Sali, wenn ich noch meines Lebens froh werden soll, muß es jetzt anders kommen! – Darf ich dir sagen, warum ich damals so ausgelassen und lausbubenhaft gewesen bin? Ich weiß nicht, ob es dir bewußt war, daß unsere zwei Väter in jener Zeit beschlossen haben, wir beide müßten einander heiraten. Man hat uns gar nicht gefragt, wir sollten also direkt gezwungen werden. Als ob es bei einem Dirndl wie du notwendig wäre, daß man einen Burschen zwingt! Dir wird es genau so ergehen wie mir, Sali, zwingen lasse ich mich einfach zu nichts. Und drum ist alles so gekommen. Außerdem hab ich damals gerade mit einer Dirn aus unserem Dorf eine kleine Liebschaft gehabt, hinter der freilich nichts Ernstes gesteckt ist. Du sollst sehen, daß ich dir nicht irgend etwas vorlüge und mich nicht der vollen Wahrheit schäme.«

»Ich möchte auch nichts anderes von dir erwarten, Toni. Man weiß ja, daß ihr Mannsbilder mehr Liebschaften habt, bis einmal die Richtige gefunden ist,« sagte sie und lächelte.

»Du bist ein verständiger Mensch, Sali und wirst auch verstehen, daß ich meinem Vater, so dumm es auch war, trotzen mußte.«

»Ich gebe dir völlig recht: Du kannst nicht mit der einen eine Liebschaft unterhalten und mit einer anderen Hochzeit machen. Ich hätte mich schönstens für die Ehre bedankt, mit dir an den Altar zu gehen, derweil du noch die andere im Kopf hast!«

»Großartig, Sali! Schau, das gleiche habe ich mir auch gesagt!« rief er und schaute sie bewundernd an.

Sie kam auf ihn zu und legte die Hand auf seine Schulter. »Mit der anderen muß es freilich ganz Schluß sein, Toni, bevor ich zu dir Vertrauen fassen könnte.«

»Die hat geheiratet, schon bald nachdem ich einrükken mußte. Es ist also vorbei, und ich denke kaum mehr daran, wie sie ausgeschaut hat. Ich bin heut kein Bub mehr und weiß, was ich will. Und so habe ich in letzter Zeit immerfort an dich denken müssen, Sali, und wenn du auch mich gernhaben könntest, nähme ich dich zu meinem Weib, ob nun unsere Väter damit einverstanden wären oder nicht!«

Sie schaute ihn glückselig an. »Ich möchte anders sagen, Toni: Wenn es meinem Vater recht ist und der deine nichts dagegen hat, und wenn du glaubst, daß wir zwei zusammenpassen ...«

»Es gilt schon, meine Sali!« unterbrach er sie ganz hingerissen. »O du, mein geliebtes Dirndl!« Er schloß sie in seine Arme und küßte sie auf den Mund.

Sein ungestümes Temperament hatte sie erschreckt, drum hielt sie einen Augenblick still. Dann wehrte sie ihn beschämt und scheu ab. »Geh'! Du bist aber ein Schlimmer! – Es wird Zeit, daß ich den Vater rufe!«

Damit eilte sie aus der Stube.

Toni lachte über das ganze Gesicht.

Nach einer Weile kam der Käsbiermartel angeschnauft. »So, du Strolch!« rief er gutmütig und streckte ihm die Hand entgegen. »Bist wieder daheim?«

»Wie du siehst, Käsbiermartel!«

»Du Sakra, du! Und jetzt bist gekommen, um gar meiner Dirn den Kopf zu verdrehen? Aber ich muß dir schon sagen, Dummheiten leid ich nicht! Wenn dir's immer noch nicht ernst damit ist, dann bleib mir lieber weg vom Haus!«

»Käsbiermartel, diesmal meine ich es aufrichtig und ehrlich! Es würde mir leid tun, wenn du mir keinen Glauben schenken könntest. Aber du kennst ja meinen Vater, er will nichts aus der Hand geben und hat Ausflüchte wie ein Fuchs. Wir müssen schauen, wie er am leichtesten zu fangen ist; deswegen bin ich da!«

»Das kriegn wir!« sagte der Käsbiermartel augenzwinkernd und klopfte ihm auf die Schulter. »Sali!« rief er zur Tür hinaus. »Bring einen Wein und das Rauchfleisch!«

Und dann setzten sich die beiden zusammen und berieten, wie dem Sternsteinhofbauern am besten anzukommen sei ...

*

Vater und Sohn vom Sternsteinhof saßen am Sonntagmorgen beim Frühstück.

Da sagte der Alte: »Was ist, fährst du heut mit nach Schwenkdorf hinüber? Ich meine für die Zwischenbüheler bist gerade kein leuchtendes Beispiel in der Kirche!«

»Warum denn nach Schwenkdorf? Dorthin gehe ich

gar nicht gern, Vater.«

»Warum denn nicht?«

»Ich möchte dem Käsbiermartel und seiner Tochter nicht unter die Augen kommen.«

Der Alte schmunzelte. »Aha! Drückt dich das Gewissen?«

Toni zuckte die Schultern.

»Siehst, das arme Dirndl hat wieder drei lange Jahre auf dich gewartet!«

»So? Da muß sie noch lang warten. Es wäre doch ein heller Unsinn, wenn ich als Reservist ans Heiraten dächte. Sieben Jahre Reserve und zwei Jahre Landwehr ...«

»... macht neun Jahre,« fuhr der Alte dazwischen. »Eine schöne Zeit!«

»Ja, und wenn unterdessen etwas auskäme, vielleicht gar ein Krieg, könnte ich Weib und Kind und Hof verlassen, und keiner kriegt es schriftlich, daß er auch wieder heil zurückkommt.«

»Ja, und ich säße im Austrag und hätte nicht einmal ein Recht, mich um die Hofwirtschaft anzunehmen.«

»Natürlich nicht; der Hof verträgt nur *einen* Herrn!«

Der Alte schaute seinen Sohn von unten her an. »Gut, wir wollen sagen, daß du eigentlich gerade in deinen schönsten Jahren bist, wenn deine Militärzeit vorbei ist, und die Tochter vom Käsbiermartel ...«

»... die, meine ich, wird aus den schönsten Jahren heraus sein!«

Paperlepap! Was sie an Schönheit verliert, nimmt sie an Geld zu! Ich werd den Käsbiermartel schon herumkriegen, daß er dir seine Tochter solange aufbehält. Und die wirst du dann heiraten und keine andere. Da hilft dir keine Widerrede.«

Später saßen sie nebeneinander auf dem Kutschbock und fuhren durch den Morgen nach Schwenkdorf hinüber, wo sie zuerst zum Gottesdienst gingen und dann ins Wirtshaus.

Dort hatte der Sternsteinhofer seinen angestammten Platz, wo der Käsbiermartel bereits auf ihn wartete.

»Schau, da wär' mein Bub wieder da vom Militär,« sagte der Sternsteinhofer.

»Ich seh' ihn,« antwortete der Käsbiermartel kurz.

»Ich meine, er schaut nicht schlechter aus!«

»Kann sein.«

»Und deine Tochter hat sich auch gut gehalten.«

»Ja.«

»Na, was ist dann jetzt, Käsbiermartel?«

»Was soll denn sein?«

»Gäben die zwei ein sauberes Paar? He?«

»Zwei geben immer ein Paar, Sternsteinhofbauer.«

Der Sternsteinhofer stieß den Käsbiermartel in die Seite. »Du hast schon gar viele Worte aufgewendet, die zwei zusammenzubringen. Oder leugnest du das heute?«

»Ich leugne nichts, aber heut liegt mir nichts mehr daran.«

»So?« staunte der Sternsteinhofer. »Es liegt dir nichts mehr daran?«

»Ich hab mit meiner Tochter etwas anderes beschlossen. Der reiche Futtermittelhändler aus der Kreisstadt hat jetzt schon ein paarmal darum angehalten. Sie muß ja nicht gerade einen Bauern heiraten.«

»Soso, der Futtermittelhändler, sagst? Der jüngste ist er nimmer.«

»Das Alter spielt bei einem Mann keine Rolle, Sternsteinhofer. Und ich hab' meine Tochter anders erzogen als andere ihre Kinder. Wenn ich sage: Sali, du heiratest den Großsultan, dann heiratet sie ihn eben.«

»Käsbiermartel!«

»Was ist, Sternsteinhofer?«

»Du willst vom Kindererziehen reden? Was hast denn erzogen? Eine einzige Dirn, das ist keine Kunst! Ob du auch mit einem Buben fertig würdest, das müßt' sich erst zeigen.«

»Jedenfalls hättest du vor drei Jahren deinen Willen durchsetzen müssen, Sternsteinhofer. Ja, zum Militär hast ihn geschickt, und da hat er gehen müssen, sonst hätten ihn die Gendarmen geholt. Dir selber hat er nicht pariert und er tut es auch heut noch nicht!«

»Käsbiermartel, das solltest nicht sagen!«

Toni hatte sich längst verrollt und lief irgendwo draußen herum, aber mehrere Bauern des Dorfes saßen am Tisch und hörten den beiden Streitenden schmunzelnd zu.

»Angenommen, du würdest ihm heut die Hochzeit mit meiner Tochter abverlangen, er antwortet dir wieder mit nein!«

»Ich hör' dich schon gehen, alter Fuchs!« lachte der Sternsteinhofer.

»Jede Wette schließe ich mit dir ab!«

»Du schon, alter Geizkragen, was setzt ein?«

»Meine zwei Braunen, wie sie vor der Tür stehen gegen deine magerste Kuh!«

Die Bauern fingen an zu lachen. Es wurde interessant am Tisch.

»Du bist ein Narr!« schrie der Sternsteinhofer. »Die würd ich dir heut noch mitsamt dem Geschirr wegnehmen!«

»Freilich, die Pferde stehen ja im Geschirr vor der Tür, und wie sie dort stehen, so sind sie verwettet!« sagte einer der Schwenkdorfer Bauern, der Knerzhuber hieß. »Wenn ein Zeuge gebraucht wird, ich stell' mich zur Verfügung.«

Der Käsbiermartel äugte nach dem Sprecher.

Und der Sternsteinhofer stieß den Käsbiermartel schmunzelnd in die Seite. »Na, wie wird dir jetzt? Getraust dich nicht mehr?«

»Ich bleib dabei! Hört her, Bauern! Ihr seid Zeugen!«

»Gut, es gilt!« schrie der Sternsteinhofer und streckte seinem hageren Nachbar die Hand hin.

Sie schlugen ein.

»Also – Käsbiermartel, deine zwei Braunen vor der Tür gegen meine magerste Kuh im Stall!« schrie der Sternsteinhofer.

»Die magerste!« bestätigte der Käsbiermartel.

»Gut, die Wette wird auf der Stelle ausgetragen! Sucht nach meinem Toni!«

Der Käsbiermartel kratzte sich bedenklich hinter den Ohren, er schien sich nicht wohl zu fühlen in seiner Lage.

Und der Sternsteinhofbauer grinste siegessicher.

»Ich trau' dir nicht, Sternsteinhofer,« begann der Käsbiermartel wieder. »Angenommen, du bringst deinen Buben dazu, daß er einwilligt, dann müßtest du ihm schon selbst überlassen, wann er heiratet. Nicht daß du dann wieder mit den Finessen daherkommst, man müßte die Reservistenzeit und Landwehrjahr und weiß Gott noch was alles abwarten.«

»Einverstanden!«

»Wir sind die Zeugen!« riefen ein paar Bauern.

Jetzt tauchte der Toni am Tisch auf und blickte erstaunt auf die Runde, die laut und lebhaft diskutierte.

»Was ist?« fragte er.

Der Sternsteinhofer winkte seinen Sohn zu sich. »Eine Wette ist abgeschlossen worden. Hör, gut zu!«

Auf einmal war es still in der Stube. Alle schauten hin auf den Sternsteinhofer und auf seinen Sohn.

»Es soll sich jetzt öffentlich zeigen, ob dir deines Vaters Willen mehr gilt als dein eigener,« fuhr der Sternsteinhofer, jedes Wort betonend, fort. »Drum erwarte ich keine Widerrede von dir, wenn ich dir jetzt sage: Du hast die Tochter vom Käsbiermartel, die Sali, zu heiraten und keine andere! Die Zeit, die du damit noch abwarten willst, sei dir überlassen. Du kennst die Umstände und weißt, was dazu zu sagen ist. Es braucht also keine langen Überlegungen. So – und jetzt rede!«

Alles schaute gespannt auf Toni, der den Blick des Vaters trotzig erwiderte.

Endlich fing der Bursche zu sprechen an, ohne seinen Vater aus dem Auge zu lassen: »Wenn mir schon keine Widerrede erlaubt ist, was will ich da anderes machen? Nun, so heirate ich halt die Sali.«

»Auweh, Käsbiermartel! Für deine zwei Braunen seh ich schwarz!« rief eine meckernde Stimme.

Der Toni fuhr fort: »Nachdem ich die Zeit selbst

bestimmen kann, wie mir gesagt worden ist, bitte ich mir auch jede Widerrede aus! Also – in acht Wochen ist die Hochzeit!«

Im Lärm, der jetzt ausbrach, ging der Fluch des Sternsteinhofbauern unter.

Der Käsbiermartel saß geknickt da. Er wurde freilich nicht bedauert, denn er konnte die verlorene Wette tragen. Endlich ermannte er sich und griff an den Arm des Sternsteinhofers. »Ja, dann hast du halt gewonnen, du Himmelsakra, du!« seufzte er. »Meine Braunen seien dir vergönnt, weil es dein Bub doch recht gut mit meiner Dirn gemeint hat.«

Jetzt kam der Sternsteinhofer wieder zu sich, er stieß den dürren Käsbiermartel unsanft beiseite, erhob sich und ging auf seinen Sohn zu, packte ihn grob am Arm und zerrte ihn aus der Stube. »Hundling, elender!« knirschte er mit blutleerem Gesicht. »Den Schädel schlag' ich dir ein und werfe dich auf der Heimfahrt in den Straßengraben!«

Der Bursche versuchte vergeblich, sich dem harten Griff des Alten zu entwinden. »Bist du verrückt geworden, Vater?« rief er. »Was hab ich denn getan?«

»Eine abgekartete Geschichte ist es! Um Haus und Hof habt ihr mich betrogen!« brüllte der Alte und schleuderte seinen Sohn an die Wand, daß es dröhnte.

»Nicht noch einmal sollst du mich anrühren!« schrie Toni am ganzen Körper bebend. »Wozu hast du die blödsinnige Wette eingegangen? – Jetzt ist es schon besser, du gehst freiwillig in den Austrag, als daß zum Gespött' der Leute weiterhin auf dem Hof regierst als der gefoppte Siebenmalgescheite!«

Hätten Blicke die Macht, einen Menschen zu töten, dann wäre der Toni jetzt maustot umgefallen, mit solchen Augen schaute der Alte ihn an. Dann kehrte er ihm den Rücken und ging in die Gaststube zurück.

Dort saß er auf seinem Platz und trank Krug um Krug leer.

Es war spät am Nachmittag, als sechs Bauern den Sternsteinhofer hinaustrugen und auf den Wagen verluden. Er war so betrunken, daß er weder gehen noch stehen konnte.

»Fahr' zu, Halunke!« lallte er nur noch.

Toni schwang sich auf den Fahrerbock und schwang die Peitsche. »Käsbiermartel, grüß mir die Sali!« rief dem dürren Alten zu, der lachend dabeistand. »Du siehst, heut kann ich nicht mehr zu ihr kommen!«

Der Wagen rasselte davon, und hinterher liefen die beiden Braunen, die der Käsbiermartel verwettet hatte.

Toni kuschierte, und hinter ihm war das Stöhnen und Lallen des betrunkenen Vaters.

Ein paarmal befühlte der Bursche die wehen Stellen an der Schulter und an der Seite. Sie erinnerten ihn daran, mit welcher Wucht er heut gegen die Wand geflogen war.

Aber er lachte dazu, denn heiler hätte er nicht davonkommen können.

Als sie über den Hügel hinabfuhren, sah er drüben den Sternsteinhof liegen.

Den Sternsteinhof! In acht Wochen war er Herr darauf!

*

Was sich im Schwenkdorfer Wirtshaus zugetragen hatte, wurde auch in Zwischenbühel recht bald bekannt. Einer erzählte es dem anderen als eine ganz besondere Neuigkeit. Vor allem horchte man auf, als bekannt wurde, daß der Toni vom Sternsteinhof in acht Wochen Käsbiermartels Sali heiraten wollte, und daß der Alte sich entschlossen habe, in den Austrag zu gehen.

Am Montag war der alte Sternsteinhofer noch nicht imstande, über seine Lage nachzudenken, weil ihm noch der Kopf brummte. Am Dienstag ging er seiner gewohnten Beschäftigung nach und seufzte mehrmals vor sich hin: »Jaja, mein lieber Hof, jetzt kommst halt bald in andere Hände!«

Am Mittwoch plagte ihn der Gedanke, daß die neuen Hände nicht die fleißigsten und geschicktesten sein würden, am Donnerstag beklagte er sein armes Anwesen, das ihn, den alten Herrn, wohl schwer vermissen würde –, bis er am Freitag endlich zu der Erkenntnis gelangte, daß ohne ihn die Wirtschaft bergabgehen mußte.

Und am Samstag beruhigte ihn die Schlußfolgerung, daß bei einer solch hinterlistigen Weise, mit der sich der junge Bauer und die Schwiegertochter hier eindrängten, kein Segen sein könne. Die beiden würden es heißer ausbaden, als sie dächten, bis ihnen schließlich der Hof unter den Augen davonschwämme und sie im Dreck sitzen blieben.

Diese für ihn tröstliche Voraussicht versöhnte ihn etwas mit dem Schicksal, so daß er sonntags bei der Kirchfahrt nach Schwenkdorf Käsbiermartels Sali recht väterlich zu begrüßen vermochte.

Von da ab nahmen ihn nur noch zwei Dinge in Anspruch, die Vorbereitungen zur Hochzeit und die Errichtung seines Ausgedings. Es sollte eine Hochzeit geben, daß die Leute die Augen und Mäuler aufsperrten, und er wollte in einem Altenteil sitzen, wie keiner sonst im Land. –

Am frühen Morgen des Tages, an dem der Sohn des Sternsteinhofes zur Trauung nach Schwenkdorf hinüberfuhr, hatte das junge Weib des Bildschnitzers das Haus verlassen, um vor dem Eintreffen des Brautzuges dort in der Kirche zu sein. Jene nervenaufregende Neugierde, die den Menschen zu Richtstätten, Leichenhöfen und Unglücksstätten drängt, jener Trieb, Grauenvolles und Arges zu schauen, hatte Helene befallen, als sie über die Felder, Halden und Hänge lief, um dabei zu sein –, bis alles vorüber war.

Auf Umwegen kehrte sie wieder heim.

Und dann kam vom Sternsteinhof herab das Schießen, Lärmen und Musizieren. Nur befangen und so nebenher vermochte Helene ihre tägliche Hausarbeit zu tun, und als der Abend kam, brachte sie ihr Kind zu Bett und trat unter die Tür des Häuschens. Dort stand sie an den Türpfosten gelehnt und schaute hinauf zum Sternsteinhof.

Von dort sang und klang, hallte und schallte es durch die stille Nacht, von Zeit zu Zeit prasselte eine Leuchtrakete empor.

Das junge Weib des Bildschnitzers stand einsam da und schaute unentwegt hinauf zum Sternsteinhof, von dem sie sich jetzt so himmelweit entrückt fühlte.

Vorbei …

Ein helles Jauchzen, das von droben herabgällte, ließ sie fröstelnd zusammenschrecken, sie strich mit der Hand über ihre Stirn, als wollte sie einen bösen Traum fortwischen.

Dann ging sie ins Haus und schloß die Tür. –

Käsbiermartels Sali, die nunmehrige junge Sternsteinhofbäuerin, ließ ihren lauten Ehrentag über sich ergehen, als wäre sie aus Holz. Toni mußte darüber lachen, und er sagte sich, daß sie wenigstens aus gutem Holz war. Sie würde sich wohl nie gegen ihn auflehnen. Das hatte er in diesen acht Wochen, in denen er oft mit ihr zusammenkam, erkannt und erfahren. Vielleicht konnte sie streng gegen die Dienstboten sein, stolz gegen die Leute, die sie unter ihrem Stand ansah, aber gegen den Mann war sie geduldig und unterwürfig, zumal sie diesen Mann liebte.

Bis nach Mitternacht dauerte das Fest. Die Gäste zogen erst nach und nach ab, als man gewahr wurde, daß das Brautpaar bereits verschwunden war.

Der alte Sternsteinhofer stieg zur großen Stube hinauf, ohne zu wissen, daß das junge Paar sich dorthin zurückgezogen hatte. Toni hatte den Arm um sein junges Weib gelegt und schaute dem Vater etwas unwillig entgegen.

»Du bist's Vater?« fragte er. »Kommst ungelegen!«

»Ich geh' gleich wieder,« brummte der Alte. »Ich wollte nicht nach euch schauen.«

Er ging zum Schrank, schloß auf und kramte in einer Kassette herum. Es war ein Klirren von Münzen, das Knistern von Banknoten zu hören …

Schließlich warf er die Tür wieder zu, drehte den Schlüssel um und steckte ihn zu sich.

Darauf wandte er sich dem Paar zu, das ihm schweigend und verwundert zugeschaut hatte: »Einen guten Rat möcht' ich euch geben. Beileibe, es soll kein Einmischen sein! Bewahre! Wie ihr haust, ist eure Sache. Ich werfe euch keine Steine vor die Füße, räume euch aber auch keine Steine aus dem Weg, das sage ich euch gleich. Nur meine ich, ganz sollt ihr es mit mir nicht verderben! Es ist nämlich noch etwas da!«

Er schlug mit der Faust gegen den Schrank und ging dann weg »Gut' Nacht!«

»Gut' Nacht, Vater,« sagte Toni.

»Gut' Nacht,« flüsterte Sali.

Die schweren Schritte des alten Bauern verhallten auf der Treppe. –

*

Mit dem Nichteinmischen des alten Sternsteinhofers in die Wirtschaft seines Sohnes hatte es seine eigene Bewandtnis. Toni war nämlich des Glaubens gewesen, daß es kinderleicht sei, sich als Herr des großen Anwesens aufzuspielen, denn es hatte ausgesehen, als mache sich das alles von selbst.

Freilich, der Alte hatte es früher nicht an Unterweisungen und Aufklärungen fehlen lassen, um den Sohn zu einem tüchtigen Bauern heranzubilden, aber Toni hatte nicht extra viel Interesse dafür gezeigt. Und jetzt, nachdem der Alte auf eine so hinterlistige Weise hinausgeschafft worden war, ließ er den jungen Besserwisser mit dem Hof allein, gleichviel, wohin es ging.

Man hatte es ja so gewollt.

So kam es, daß der junge Bauer sich gar bald ernstliche Sorgen machte; er erkannte, daß der Hof, wenn man so weitermachte, zu Schaden käme, und er hörte bereits den Spott der lieben Mitmenschen, um den er sich nicht zu sorgen brauchte. In seiner Not vertraute er sich seiner jungen Bäuerin an, die sich freilich selbst auch nicht zu helfen wußte. Aber sie konnte zum Alten gehen und ihn schön bitten, daß er ihnen die nötigen Ratschläge erteile.

Der Alte ließ sich jedoch nicht so ohne weiteres herbei. Die beiden Jungen mußten sich noch tiefer demütigen und sich förmlich auf's Betteln verlegen.

Das schmeichelte seiner Eitelkeit. Außerdem konnte er seinem Sohn so manchen Hieb, der ihn heut noch wurmte, zurückgeben.

So kam es, daß die vorgenommene scharfe Trennung zwischen alt und jung hinausgeschoben werden mußte. Der Ausbau des Altenteils war wohl begonnen, aber wieder aus der Hand gelegt worden. Man brauchte den Alten auf dem Hof …

Als aber nach einem Jahr auf dem Sternsteinhof ein Kind zu erwarten war, da wurde der Bau beschleunigt wieder in Angriff genommen. Jetzt verbrachte der Alte die Tage auf dem Arbeitsplatz und trieb die Werkleute an; dann sobald das Kind da war, wollte er umziehen.

»An Kindergeschrei habe ich in meinem Alter keinen Gefallen mehr,« sagte er. –

*

Bei einbrechender Nacht war der Wagen über die Brücke gedonnert und die Dorfstraße hinaufgerast. Man konnte nicht schnell genug den Kopf zum Fenster wenden, da war er auch schon vorüber.

Vor dem Wirtshaus stand der Wirt, er erkannte in dem Fuhrmann einen Knecht vom Sternsteinhof.

»Wohin denn, Wastl?« schrie er.

»In die Stadt um den Doktor, die Bäuerin ...«

Fort war er.

Ehe der Arzt gebracht wurde, wußte man im ganzen Dorf, daß die Bäuerin vom Sternsteinhof in ihrer schweren Stunde lag, und daß es wohl nicht gut um sie stehen konnte.

Wozu wurde der Doktor geholt, und in solcher Eile ...

Als der Wagen am Sternsteinhof vorfuhr, wurde er von Toni längst voll Bangen erwartet. »Helft, Herr Doktor, helft! Ich kann den Jammer nicht mehr länger mitanschauen!« rief er.

Der Arzt gelangte mehr geschoben als steigend die Treppe hinauf.

Nach einer schwachen Stunde lag oben in der verdunkelten Stube ein zartes, bleichgesichtiges Kind und ein totkrankes Weib.

Toni begleitete später den Arzt über die Treppe herab. »Herr Doktor! Das darf nicht sein! Ich darf das Weib nicht verlieren!«

»Euch davon zu verständigen, wie es steht, war meine Pflicht. Wenn Ihr aber das Weib bald los sein wollt, braucht Ihr nur meinen Rat zu überhören!«

Toni schaute sich nach einer Magd um. Sie mußte eine Flasche Wein, Schinken und Brot für den Herrn Doktor in die Laube schaffen. –

Drei Tage danach war die Taufe. Sie mußte in aller

Stille verlaufen, weil die schwerkranke Bäuerin unbedingte Ruhe brauchte.

Als der junge Sternsteinhofer mit der Patin und der Hebamme, die das schwache, winzige Kind trug, zur Kirche hinaufstieg, lehnte an der Mauerbrüstung das Weib des Herrgottschnitzers, auf dem Arm ihren pausbackigen, derben Knaben.

Toni starrte ihr ins Gesicht, ihre Blicke begegneten sich, und auch das Kind schaute ihn großäugig an. Da senkte er den Blick.

Er folgte den Frauen in die Kirche.

Das Kind wurde getauft und erhielt den Namen Juliana. Es war ein Mädchen …

Vier Wochen mochten seitdem vergangen sein, da kam die alte Zinshoferin noch ziemlich spät am Abend in die Stube des Holzschnitzers herübergelaufen und lud Helene mit wichtigtuenden Gesten und heimlichen Augenwinken ein, zu ihr herüber zu kommen.

Das junge Weib haßte dieses versteckte und hinterhältige Gebaren der Mutter, fuhr sie mürrisch an und folgte ihr schließlich verdrossen hinüber in das alte Nachbarhaus.

Als sie dort die Stube betraten, saß auf der alten Gewandtruhe der junge Sternsteinhofer, er lehnte mit herabhängenden Armen an der Wand und schaute müde auf.

Helene blieb an der Schwelle stehen. Sie vermochte es wohl nicht zu fassen –, dann wandte sie sich um und griff nach der Klinke. Bevor sie weglief, drehte sie noch einmal den Kopf nach ihm um. »Was willst denn du da?«

»Nichts,« antwortete der junge Bauer. »Gar nichts. Ich

habe nicht einmal gewußt, daß du herübergeholt wirst. Ich bin zu deiner Mutter gekommen und sonst zu niemand. Ich brauche ihren Rat, das wird mir doch erlaubt sein in meinem Unglück, das mich getroffen hat?«

»Es wird dir nur vergolten, was du an mir verbrochen hast!« sagte das junge Weib und ging davon.

Draußen verhallten ihre raschen Schritte.

*

Es war den Leuten verständlich, wie hart der junge Sternsteinhofer unter diesen unglücklichen Zuständen zu leiden hatte. Seine junge, rührige und lebensfrische Bäuerin war mit einem Schlag niedergeworfen worden und siechte dahin. Was die Klügeren waren, hatten es vorausgesehen, daß der Toni in einem solchen Fall versagen würde. Er war nicht der Mann dazu, dem Schicksal frontal zu trotzen, er wandte ihm lieber den Rücken zu und lief dem Unglück davon. Das konnte man ihm verzeihen, denn er gab sich weder dem Trunke hin noch suchte er in anderen Lastern Vergessenheit vor seiner Not.

Was man ihm aber nicht verzieh war die Unbesonnenheit, bei der alten Zinshoferin vorzusprechen. Es verging bald kein Abend mehr, an dem er nicht der verwahrlosten Hütte zulief.

Man erinnerte sich daran, daß die Alte früher Kräuter sammelte und für jede Krankheit ein wirksames Tränklein wußte. Vielleicht suchte er nur bei ihr Hilfe für sein hoffnungslos daniederliegendes Weib.

Die Gerüchte drangen bis hinauf zum Sternsteinhof,

sie kamen sogar der kranken Bäuerin zu Ohren. Wollte sie ihn jedoch zurechtweisen, kränkte er sie mit Vorwürfen über ihre ungesunde Natur, die sie ihm vor der Ehe verheimlicht hätte. Wenn sie dann weinend auf die Wiege des Kindes deutete, ließ er sie stehen und ging davon. –

Ein paarmal schon war es Helene gewesen, als hätte sich nach Einbruch der Dunkelheit ein Gesicht am Fenster gezeigt, aber ehe sie dem Spuk nachgehen konnte, war es verschwunden. Zurück blieb nur der Verdacht, der ihr keine Ruhe ließ, bis sie an einem Abend zu ihrer Mutter hinüberlief, die Tür aufriß und hinter sich zuknallte.

Sie fand ihren Verdacht bestätigt, denn in der Stube stand der junge Sternsteinhofer.

Sie trat hart an ihn heran, hielt ihm beide Fäuste gegen die Augen und schrie: »Du bist doch ein gemeiner Kerl! War es nicht genug, was du mir schon angetan hast? Willst mich auch noch als das Weib des Holzschnitzers in Verruf bringen?«

Die alte Zinshoferin drängte sich dazwischen. »Fang' nur in meiner Hütte keinen Streit an!« rief sie mit ihrer schnarrenden Stimme.

»Mische du dich da nicht ein!« fuhr die Tochter sie wild an. »Auch nicht in der anderen Weise, wozu du vielleicht Lust hättest! Was ich mit dem da habe, geht dich nichts an!«

Toni schob die Alte beiseite. »Laß' sie nur! Sie muß sich einmal ausschimpfen, und sie hat ja recht, wenn sie mir das Vergangene nachträgt; ich hab' schlecht genug an ihr gehandelt, und es ist mir übel genug bekommen.«

»Weiter belastet es dich wohl nicht!« höhnte Helene.

»Gott ist mein Zeuge, und auch du kannst mich nicht Lügen strafen, daß ich es von Anfang ehrlich mit dir gemeint hab!«

»Und ich war jung und dumm genug, um darauf hereinzufallen!« wetterte das junge Weib weiter. »Aber du irrst dich, wenn du glaubst, ich trage dir etwas nach. Wenn du aber jetzt über meine Wege schleichst und mich als Weib für so schlecht hältst, wie du selbst bist, jetzt ist es für mich eine beleidigende Zumutung!«

Toni schüttelte den Kopf. »O nein, was die Leut' erlauern, wenn ich über deine Wege schleiche, wie du sagst, dann ist das nur allein für mich abträglich; nur mir gereicht es zur Unehre und zum Gespött.«

»Bis heut hab' ich es für gleich erachtet, ob du an unserem Zaun vorbeistreifst, oder ob sich ein Hund daran reibt, aber jetzt, da ich weiß, was du willst, jetzt verbiete ich dir, mir unter die Augen zu kommen. Das wirst du dir auch gesagt sein lassen!«

»Nein,« erwiderte er leise, aber bestimmt.

»Was?« schrie das junge Weib zornrot.

»Ich kann nicht, Helen'!«

»Dann spucke ich dir auf der offenen Dorfstraße ins Gesicht und schrei es vor allen Leuten aus, daß du pflichtvergessener Lump meiner Ehre nachstellst!«

»Tu's halt dann!«

»Pfui!«

»Hast recht; ich spür's ja selber, daß ich keine Ehre mehr im Leib habe, sonst stünde ich nicht da, wo man mich nicht mag, und bettle noch um einen Fußtritt. Das einzige Männliche, das ich noch an mir habe, ist der

Trotz, den ich dir entgegensetze. Und ich muß es tun, es zwingt mich dazu, mich in deiner Nähe herumzudrükken. Ich weiß nimmer aus noch ein!«

Die alte Zinshoferin schlich aus der Stube.

Sie war allein.

»Was willst denn mit deinem Jammern bezwecken?« fragte Helene.

»Bezwecken? Frag' einen geschlagenen Hund, warum er heult! Weil es ihm wehtut! Mein Gott, hättest du mich damals besser verstanden, Helen'! Heut stehe ich großjährig da vor dir, heut bin ich frei, – hätt'st auf mich gewartet!«

»So? Vielleicht gibst du jetzt gar mir die Schuld? Du Narr! Hätte ich Jahr und Tag in meiner Schande den Leuten vor den Augen herumlaufen sollen? Immer im Ungewissen, wie es kommen wird? Bist du denn nicht von mir weggerannt wie der Rübendieb vom Sack, den er hint'läßt?«

»Das brauchst du mir nicht vorzuwerfen. Ich weiß, hätt' ich damals getan, was recht gewesen wäre, bliebe mir heute die bittere Erkenntnis erspart, verspielt zu haben, was mir allein lebenswert erscheint.«

»Dann laß' das Verspielte verloren sein und trage, was du dir selber auferlegt hast. Mir wenigstens mute ich nicht zu, daß ich mich deinetwegen in Verruf bringe! So – und jetzt wäre genug geredet!«

Sie wandte sich der Türe zu.

Er vertrat ihr den Weg. »Ein Wort noch, Helen'! Nicht oft und auch nicht auffällig möchte ich herkommen, ich will ja auch das Kind sehen …«

»Das Kind: Das geht dich nichts mehr an und mich

nur soweit, daß ich für sein Leben und seine Pflege sorge. Es ist das Kind einer ledigen Mutter und hat keinen Vater.«

»Wer weiß, es könnte noch seinen Vater kriegen ...«

»Du hast wohl einen Defekt im Hirn?«

»Nein, Helen', ich rede nicht unüberlegt. Wie lang wird meine Bäuerin noch leben? Und es wäre gut, wenn sie sterben könnt', denn gesund soll sie ja nicht mehr werden.«

»Ob sie fortlebt oder stirbt, – ich für meine Person habe keinen Anlaß, meinem Mann den Tod zu wünschen, der ist nicht krank und steht in deinen Jahren.«

»Er lebt nicht ewig.«

»Toni! Der Herrgott verzeih' dir diese Sünde und mir, daß ich solche Worte anhöre!«

»Das ist keine Sünd'! Von Anfang an sind wir zwei für einander bestimmt auf dieser Welt, glaub' mir! – Für dich nehme ich jede Sünde auf mich, Helen'! Jede –, und wär es eine himmelschreiende.«

Er wollte nach ihr fassen, aber sie stieß ihn zurück und eilte hinaus.

Als die alte Zinshoferin zurückkehrte, lehnte der junge Bauer am Türpfosten und hielt die Hände zu Fäusten geballt an die Stirn. –

Der Mond schien in die kleine Schlafstube des Bildschnitzers. Regelmäßige Atemzüge verrieten die Schlafenden.

Helene, das junge Weib, hatte lange gewacht, dann fielen auch ihr die Augen zu.

Sie hatte einen verworrenen Traum:

Sie sah sich in der Stube der Mutter, vor dem Spiegel

im Fensterwinkel, und sie hatte das Gefühl einer freudigen Erwartung. Das kleine Gemach war voller Leute, es waren fremde und bekannte Gesichter. Zum Fenster schauten der Muckerl und die alte Kleebinderin herein, beide schlugen verwundert die Hände zusammen. Dicht hinter ihr stand der Sternsteinhofer Toni, er zupfte sie an den Zöpfen und kitzelte sie unter den Armen. Immer wieder fragte er: »Bist bald fertig?« Und sie antwortete ihm ungehalten und lachend: »Gleich, gleich!«

Dann ging sie an den Leuten vorbei, die eine Gasse bildeten –, bis hinauf in den Flur des Sternsteinhofes. An den großen und breiten Schränken standen alle Türen offen, sie waren gefüllt mit Leinen, Gewändern und Silber, es funkelte und leuchtete. Aus dem Geldschrank quoll das Papier- und Münzengeld heraus. Vom Hof her kam das Muhen der Rinder und das Gackern der Hühner, Raketen prasselten in die Luft, Musik erscholl, – sie sah sich unter den Tanzenden und um sie herum war der laute Hochzeitslärm …

Plötzlich schrak sie aus dem Schlaf auf.

Es war alles dunkel und still. Nur das Mondlicht spiegelte im Fenster.

Neben ihr war ein Schnarchen. Sie richtete sich auf, und da machte auch der Schläfer neben ihr eine Wendung, und das Schnarchen hörte auf. Ruhig schlief der Muckerl weiter …

Auf den Boden fielen zwei Schatten. Sie kamen von den Fensterrahmen, auf die das Mondlicht traf. Diese Schatten glichen großen, schwarzen Grabkreuzen.

Es waren just zwei nebeneinander …

Das junge Weib streckte den Kopf zum Fenster, sie

konnte bis zum Sternsteinhof hinaufblicken. Nur in einem Fenster dort war noch Licht, es kam aus der Krankenstube der Bäuerin …

»Wie lange wird es noch dauern mit der?«

Auch wenn sie noch einmal auf die Füße kommen sollte, der Doktor hatte deutlich gesprochen. Man erzählte, daß er dem jungen Bauern harte Worte gesagt hatte. Aber dieser junge Bauer hatte ein heißes Blut …

Man müßte ihn unsinnig machen, ihn heimschicken, damit er von seinem Weib das Mannesrecht fordert …

Das wäre ihr Tod.

»Tu's doch!« flüsterte ihr eine innerliche Stimme zu. »Tu's! Du vermagst es bei ihm!«

Herrgott, was waren das für Gedanken auf einmal? So sündhaft, so teuflich! – Und auch dumm, denn es lebte ja noch der Mann, dem sie vor Gott und der Welt angehörte.

Der lebt auch nicht ewig …

»Ja, er lebt nicht ewig!«

Sie wurde sich bewußt, daß sie laut gesprochen hatte und schaute sich ängstlich um. Aber es war alles still …

Erschauernd legte sie sich in das Kissen zurück und zog die Decke über den Kopf. Aber die Gedanken verfolgten sie weiter.

Niemand lebt ewig! – nur mancher überlang. Was würde dann geschehen?

Das findet sich …

Kalter Schweiß trat ihr auf die Stirn.

Der Mann neben ihr tat einen schweren Atemzug. Es klang wie ein Röcheln.

Ihr Puls fing an zu hämmern, denn immer wieder

meldete sich diese innere Stimme: »Tu's! Tu's doch! – Es findet sich!« Die Stimme kam nicht mehr zum Schweigen.

Sie sprang aus dem Bett, flüchtete in den Winkel und stieß den Kopf hart gegen die Mauer. Sie blieb dort angelehnt stehen und verkrampfte ihre Hände. Sie krümmte sich zusammen aus Furcht vor sich selbst.

Da fing sie an zu beten, zuerst still und dann mit halblauter Stimme, um die Gedanken, die sie verfolgten, zu übertönen.

Und gegen Morgen brach sie zusammen und ließ sich kraftlos in der Ecke nieder.

So fand sie wenig später der Herrgottschnitzer. Er griff nach ihr und versuchte sie aufzurichten.

»Um Jesu willen, was ist mit dir?« fragte er entsetzt.

»Es ist mir plötzlich übel geworden, ich wollte zum Fenster.«

Er führte sie zu ihrem Bett zurück. »Lege dich nur gleich hin, Helen'!«

»Danke, Muckerl! Ich habe heut eine schlechte Nacht gehabt!«

Er schüttelte verwundert den Kopf. »Ruh' dich aus!« –

*

Nach etlichen Tagen fand sich wieder einmal der Handelsvertreter für religiösen Hausrat beim Kleebinder Muckerl ein. Er hatte sich nun schon lang nicht mehr sehen lassen, und der Absatz der Holzschnitzereien war nach und nach sehr zurückgegangen, weshalb der Muckerl sich ehrlich freute, den Mann wieder einmal bei sich zu sehen und seine Bestellungen entgegen zu nehmen.

Aber der Muckerl freute sich zu früh. Der Mann fing gleich an zu jammern, daß mit den Heiligenstatuen fast kein Geschäft mehr zu machen sei, wenn er fernerhin noch gut verkaufen wolle, dann müßte er ganz andere Bildwerke schnitzen, schöne nackte Figuren aus der Sagenwelt, vor allem wäre noch mit der Venus in allen Größen ein Geschäft zu machen. Die Geschmacksrichtung der Menschen ändere sich halt immer wieder.

Aber der Muckerl wies das Ansinnen entrüstet zurück. Er wollte bei seiner einfachen und frommen Kunst bleiben, die ihn bis heut redlich ernährt hatte.

»Schnitzen Sie eine Eva, lassen Sie das Feigenblatt weg und nennen Sie sie Venus. Das ist der ganze Witz, und damit können wir Geld verdienen,« predigte der Agent immer wieder.

»Pfui Teufel!«

Sie wurden nicht einig.

Da ging der Handelsvertreter auf ein anderes Thema über und erklärte dem Bildschnitzer, daß er nebenbei auch für eine Lebensversicherung reise, und er riet dem Muckerl ganz dringend, sich aufnehmen zu lassen, damit im Falle seines Todes sein Weib und sein Kind nicht in Armut und Elend dasäßen.

Auch dieses Ansinnen wies der Muckerl zurück. Gegen Lebensversicherungen hatte er eine Abneigung. Es wurde zuviel darüber geredet und geschimpft.

Der Agent redete sich die Lunge heraus und malte ihm die schrecklichsten Bilder vor von hinterbliebenen Frauen und Kindern, die beim Tod ihres Ernährers ins Elend kamen.

Und während sie sich um das Für und Wider einer Versicherung stritten, war Helen erschienen. Sie trug den Knaben auf dem Arm und hörte den beiden zu.

Und auf einmal sagte sie: »Schau, Muckerl, ich wäre auch dafür. Du kannst doch nicht wollen, daß ich einmal betteln gehen müßt'!«

Der Herrgottsschnitzer schaute finster auf. Ihn ärgerte ihr Einmischen, und vor allem, daß sie nicht zu ihm stand, sondern auch noch dem Agenten das Wort sprach.

Er versprach, die Sache sich zu überlegen, und sich eventuell später versichern zu lassen.

Davon riet der Vertreter ab. Denn vielleicht schon morgen könnte ihm etwas zustoßen, und die Familie säße in Not.

Kurz, der Muckerl wurde überredet und willigte schließlich ein, mit dem Agenten in die Stadt zu fahren und sich einer ärztlichen Untersuchung zu unterziehen, die vor Aufnahme in die Versicherung notwendig war ...

Der Muckerl war nicht allein, den der rührige Versicherungsvertreter heut zu einem Hinterbliebenenschutz bewegt und überredet hatte, ein halbes Dutzend Antragsteller konnte er mit in die Stadt nehmen, um sie der vertrauensärztlichen Untersuchung zuzuführen.

Es war spät am Abend und schwere, tief hereinhängende Wolken trieben vor dem Wind einher, als der Muckerl von der Stadt zurückkehrte.

Den Hut tief in die Stirn gedrückt, bleichgesichtig und starren Blickes betrat er sein Stübchen.

Helene erschrack über sein verstörtes Aussehen. »Großer Gott, Muckerl, was hast denn?«

»Sie können mich nicht aufnehmen in die Versicherung,« entgegnete er niedergeschlagen.

»Warum denn nicht?«

Er winkte müd mit der Hand ab. »Das kannst du dir wohl denken. Ich werde ihnen halt nicht gesund genug sein. Vielleicht rechnen sie damit, daß ich in Bälde sterben könnt ...«

»Haben sie das gesagt?«

»Gesagt nicht, aber aus welchem Grund sonst haben sie mich abgewiesen, nachdem mich der Kerl zuerst direkt dazu geschoben hat?«

»Laß' gut sein, Muckerl, wollen sie dich nicht nehmen, dann sollen sie's bleiben lassen. Die Ärzte haben sich schon oft getäuscht,« versuchte sie ihn zu trösten.

Lange saßen sie schweigend im Stübchen. Inzwischen ging draußen ein Regen nieder, der bald wieder nachließ.

»Mach' dir nichts draus, Muckerl!« tröstete sie ihn noch einmal und wischte mit der Hand über seine bleiche, feuchte Stirn.

Dann schlich sie aus der Stube, trat vor die Tür und näherte sich langsam der Hütte ihrer Mutter. Sie ging aber dann doch nicht hinein, sondern blieb stehen und schaute gedankenverloren zum Sternsteinhof hinauf.

An der Hütte ging die Tür auf, und die alte Zinshoferin schaute heraus. »Was ist, kommst herein oder nicht?« fragte sie. »Was stehst denn da herum?«

»Ich war ganz in Gedanken,« erwiderte das junge Weib, sich langsam der Mutter zuwendend. »Mein Mann war heut in der Stadt zur ärztlichen Untersuchung. Er wollt' sich für den Tod versichern lassen, und denk' dir, sie haben ihn nicht genommen. Man spricht ihm scheinbar das Leben ab, dem armen Teufel ...«

Die Alte verzog grinsend den Mund. »Geh' zu!«

Helene wandte sich ab. »Wenn du mir so kommst, ja, dann geh' ich gleich auf der Stelle!« sagte sie und schritt hinweg. –

*

Der jungen Kleebinderin war die Schere aus der Hand gefallen und blieb mit der Spitze im Boden stecken. Sie bückte sich danach und sagte: »Wollt' man dem Aberglauben rechtgeben, müßten wir heut noch einen seltsamen Besuch bekommen!«

Der Muckerl gab nicht viel auf diesen Aberglauben und ließ sich nicht auf einen seltsamen Besuch vorbereiten, der sich in der Tat bald darauf einstellte.

Der junge Sternsteinhofer trat in die Stube. »Grüß Gott, Leuteln!«

Er bot dem Kleebinder die Hand, die der zögernd ergriff.

»Lassen wir das Vergangene vergessen sein, darum möcht' ich heut bitten!« fuhr der Sternsteinhofer fort. »Ich hab es all die Zeit her aufrichtig bereut. Was mich herführt, ist eine Bestellung. Eine Arbeit hätte ich für dich, Muckerl!«

Helene schob dem Besuch einen Stuhl zu. »Setz' dich!«

Darauf ging sie aus der Stube und ließ die Männer allein. Das Kind, das am Boden spielte, kroch schüchtern an den Fremden heran. In die Stille tickte die Uhr.

»Was brauchst ?« fragte der Bildschnitzer. Er schaute auf das Kind nieder, das jetzt zu seinen Füßen saß und ihm glückselig eine Bonbontüte entgegenstreckte, die es von dem Bauern bekommen hatte.

»Du weißt, wie schlecht es mit meiner Bäuerin steht,« begann Toni. »Sie kränkelt dahin und kein Doktor kann helfen. Vielleicht möcht' mir der Himmel helfen, wenn ich ein Heiligenbild schnitzen ließe und drüben in Schwenkdorf in der Kirche zur Aufstellung brächte. Dort ist sie geboren und getauft worden –, auch haben wir dort unsere Trauung gehalten. Verstehst mich?«

Der Muckerl nickte.

»Vielleicht den heiligen Antonius und die heilige Rosalia als unsere Namenspatrone, die für uns fürbitten möchten. Verstehst mich?«

»Ja, ja!«

»Und – könntest vielleicht bald damit anfangen? Wär' mir halt recht.«

Der Muckerl krazte sich am Kopf. »Ich müßt zunächst in die Stadt fahren und das geeignete Holz beschaffen, weiß aber nicht, wann ich dorthin komme.«

»Ich hab' morgen in der Stadt zu tun,« sagte der Bauer. »Es wär' mir lieb, wenn du gleich mitfahren könntest.«

»Gut, ich bin dabei.«

»Abgemacht! Ich hol' dich morgen ab. Jetzt will ich nicht länger stören. Gut' Nacht, Leutln!«

Helene stand an der Tür und hatte den Knaben auf dem Arm.

»Sag' dem Mann Dank' schön und b'hüt Gott!« sprach sie dem Kind vor.

Toni griff nach dem Ärmchen und drückte es.

Der Herrgottsschnitzer gab der neuen Kundschaft noch das Geleit vor die Tür.

Am nächsten Vormittag kam der junge Sternsteinhofer angefahren. Er sprang vom Wägelchen und betrat grüßend die Hütte. »Na, sind wir's Muckerl?«

»Gleich,« antwortete der Herrgottsschnitzer, eilte in die Kammer und schlüpfte in seinen Sonntagsanzug.

An der Küche stand die Tür auf. Toni warf einen Blick hinein. Helene stand am Herd, zu ihren Füßen saß der kleine Muckerl.

»Ich dank' dir halt recht schön dafür, daß du dem Kind lernst, freundlich gegen mich zu sein!« flüsterte er.

»Freundlichsein hat noch keinen Schaden gebracht,« entgegnete sie.

»Ich hab' schon gehört, daß die Ärzte ihm kein hohes Alter prophezeien,« sagte er noch leiser und deutete mit dem Daumen nach der Kammer, aus der man das Kreischen von Schranktüren und Schubladen hörte.

Sie zuckte die Schulter.

»Ich sag' dir, es ist doch alles nur Fügung, von Anfang an!«

»Und wenn, – das Vorgreifen wäre eine Sünde, Toni! Es bleibt uns nur das Zuwarten.«

»Aber es fällt mir schwer, ich weiß nicht, ob ich's solange schaffe!«

Sie lachte hellauf. »Das laß' dir nur vergehen!«

Er kam ein paar Schritte näher. »Und wie es auch gekommen ist, ich hab' bloß dich geliebt, immer nur dich!« flüsterte er.

Sie runzelte die Stirn und horchte um sich. Es war jetzt still in der Kammer. Dann deutete sie auf das Kind. »Der hört auch mit und kann reden!« warnte sie.

Da kam der Bildschnitzer aus der Kammer. Er war fertig.

»Hast hübsch lang gebraucht, Muckerl,« rief der Toni heiter. »Da bin ich flinker. Also – dann komm'!«

Die beiden Männer fuhren weg. –

Die Leute von Zwischenbühel fanden es von dem jungen Sternsteinhofer brav und schön, daß er für die Genesung seines kranken Weibes eine Heiligenfigur in die Schwenkdorfer Kirche opfern wollte. Außerdem sagte das Gesinde aus, daß der junge Bauer neuerdings recht rücksichtsvoll und behutsam mit dem kranken Weib umgehe.

Man hatte nun auch eine Erklärung dafür, warum man ihn sofort an der Hütte der alten Zinshoferin herumschleichen sah; er hatte nur versucht an den Bildschnitzer heranzukommen, mit dem er so lange verfeindet war, um seine Bestellung anzubringen.

Anders dachte die Sternsteinhofbäuerin darüber, die sich, nachdem sie wieder etwas auf die Füße gekommen war, müde vom Bett zum Sessel schleppte und tagelang den quälenden Vermutungen nachging.

Sie traute der plötzlichen Freundlichkeit ihres Mannes nicht; sie war nicht echt. Er kam freilich nun öfter zu ihr, fragte besorgt, wie es ihr gehe, aber er sah sie dabei kaum an und wartete ihre Antwort oft gar nicht ab. Er sprach mit ihr wie mit jemanden, der nun einmal zum Haus gehörte und um den man sich zu kümmern hatte, auch wenn man dabei gleichgültig blieb.

War die Stiftung des Votivbildes in die Schwenkdorfer Kirche ein Liebeswerk? Wem zuliebe? Die Bäuerin wußte, daß er die meiste Zeit bei den Leuten da unten am Bach zubrachte. Jawohl, und die da drunten, soll recht schön sein!

Man hatte ihr zugetragen, daß die alte Zinshoferin häufig herauf käme zum Hof und mit dem Bauern zu sprechen hätte. Niemand wage, sie abzuweisen ...

Jawohl, es war erreicht! Irgend jemand hatte sich eingedrängt an ihrer Stelle ...

Sie wollte sich dieser Gedanken erwehren und sie als bloße Einbildung von sich weisen. Sie gab ihrer Krankheit und Verlassenheit die Schuld, warum sie auf einmal so voller Mißtrauen war. Aber dann kam jene Nacht, in der diese quälenden Vermutungen ihr zur Gewißheit werden sollten, die den Glauben, den das arme Weib noch aufrecht zu erhalten versuchte, und ihre letzte Neigung zu dem Mann erbarmungslos hinwegtilgte ...

Sie hatte schon stundenlang schlaflos gelegen, als im Bett nebenan der Bauer plötzlich im Traum zu murmeln begann. Sie lauschte seinen Worten, richtete sich dann auf und neigte sich zu ihm hinüber.

Und was sie hörte, schnürte ihr das Herz zusammen. Sie sank kraftlos in das Kissen zurück und lag wie betäubt.

Es war wieder still geworden.

Die Bäuerin richtete sich auf, auf einmal war Leben in ihr, sie stand auf und kleidete sich hastig an.

Leise verließ sie die Schlafstube, und als sie auf der Treppe ging, entrang sich ihrer Brust der mühsam zurückgehaltene, schluchzende Aufschrei. Hörbar verhallte er durch das nächtliche stille Haus.

Dann stand sie draußen auf dem Hofraum und holte

tief Atem, ehe sie dem Austragshäuschen des alten Sternsteinhofers zuschritt.

Der Alte hatte einen gesunden Schlaf, sie mußte mehrmals heftig an die Tür klopfen, bis drin endlich seine Stimme ertönte: »Was gibt's?«

»Mach' auf!«

»Wer ist denn da?«

»Ich bin's, die Sali.«

»Die Sali?« rief der Alte gedehnt, und dann war drin ein Herumrumpeln, bis endlich die Tür aufgetan wurde. »Ist denn etwas passiert?« rief der alte Bauer. »Sali, was ist denn?«

Das junge Weib warf sich ihm aufschluchzend entgegen.

»Komm' herein! Komm'!« Er legte seinen Arm um sie, schob sie zur Tür hinein und nötigte sie auf einen Stuhl. »Jetzt rede!«

Sie schluchzte immer noch.

Er machte das Licht. »Soll ich dir helfen, dann mußt mir schon sagen, was geschehen ist! Komm', nimm dich zusammen, Sali!«

Nun fing sie an zu sprechen, es war eine bittere Anklage.

Mit finster zusammengezogenen Brauen hörte der Alte ihr zu, – dann griff er nach ihrer Hand und streichelte sie mitleidig, tröstend.

Im Osten graute bereits der Morgen, als der alte Sternsteinhofer die junge, kranke Bäuerin in den Hof zurückgeleitete. Er blieb noch unten an der Treppe stehen, bis sich droben die Tür geschlossen hatte. Nichts regte sich.

Er blickte um sich, auch von den Dienstboten war

noch niemand unterwegs.

Mit düsterer Miene kehrte er in seinen Austrag zurück. –

Als am nächsten Tag der Feierabend gekommen war und der junge Bauer seinen gewohnten Weg zum Dorf hinab eingeschlagen hatte, rief die Bäuerin die alte Kathel zu sich, damit sie ihr beim Ankleiden behilflich wäre; sie müsse rasch einen Besuch machen.

»Was? Wo willst denn hin, Bäuerin?« fragte die alte Schaffnerin halb neugierig, halb besorgt.

»Nicht so weit. Schau, ob mein Schwiegervater schon einspannen ließ!«

Die alte Magd blickte zum Fenster hinaus. Von Roß und Wagen war noch nichts zu sehen, aber der alte Sternsteinhofer lehnte am Scheunentor und schaute unentwegt die Zwischenbüheler Straße entlang, als behielte er dort jemand im Auge.

Dann zog ein Knecht das Wägelchen aus dem Schuppen und spannte ein Roß davor.

Das alles berichtete die alte Kathel der Bäuerin, die angekleidet auf dem Stuhl saß und wartete.

Dann kam der alte Sternsteinhofer festen Schrittes herein. »Bist fertig?« fragte er. Er führte sie hinaus. »Lieber Himmel, du zitterst ja in den Knien und kannst kaum gehen. Komm', nimm mich um den Hals!«

Er nahm sie wie ein Kind auf seine Arme und trug sie zum Wagen, hob sie auf den Sitz und kletterte nach.

»Hü!«

Verwundert schauten die Dienstboten dem Gefährt nach.

Schon von weitem gewahrte der alte Bauer die Zinshoferin, die mit dem Kind auf dem Arm vor ihrer Hütte auf und ab ging. Dann blieb sie plötzlich stehen, schaute dem anrollenden Wagen entgegen und lief rasch ins Haus.

»Spionin!« sagte der Bauer und lächelte hämisch.

Vor dem Häuschen des Bildschnitzers zog er die Zügel an. »Brr!«

Er sprang vom Bock und ging an Fenster. »He! Kleebinder, komm' heraus, die Bäuerin hätt' mir dir zu reden. Sie kann nicht gut absteigen!«

Bevor der Muckerl in seiner Bestürzung der Aufforderung nachkommen konnte, schritt der alte Bauer der Zinshoferischen Hütte zu.

Ohne sich zuvor durch ein Klopfen oder einen Zuruf bemerkbar zu machen, betrat er die Stube und traf dort seinen Sohn an.

Toni stand da, die Hände in den Hosentaschen, und schaute ihm mit flackerndem Blick entgegen.

»Was soll's?« murrte er.

»Nicht viel,« höhnte der Alte. »Gar nicht viel, Tonerl. Nur ein Ende wollen wir deinen unsauberen Gängen machen. Dein Weib spricht eben mit dem Kleebinder.

Toni wollte zur Tür hinausstürzen, aber ein Griff des Alten hielt ihn schmerzend und unentrinnbar wie der Druck einer eisernen Klammer am Arm fest. »Da bleibst!« donnerte der Alte. Aufsehen wollen wir keines! Es ist auch für dich das Gescheiteste, du Lump!«

»Welcher Schuft hat mich verraten!« knirschte Toni.

»Der Schuft warst du selber!« höhnte der Alte. »Im Schlaf hast ausgesagt, was dir im Sinn liegt, und deine Bäuerin hat es gehört!«

»Was nicht gar! Dann wird es besser sein, wenn ich aus der Kammer ausziehe, wenn man mir schon den Schlaf ablauscht!«

»Schau, wenn es mir nicht um mein eigens Ansehen wäre, schlaget ich dir jetzt das Kreuz ab und werfet dich auf die Straße, du ehrvergessener Lump!« brüllte der Alte.

Und während die beiden sich in der Zinshoferischen Hütte stritten, war der Kleebinder Muckerl zur Bäuerin an den Wagen getreten.

»Was gibt's, Bäuerin?« fragte er ahnungsvoll.

Das junge, kranke Weib schaute ihn mit schreckhaften Augen an. »Wenn du ein Mann sein willst, so hüte, wie es sich gehört, dein Weib! Weißt du überhaupt, wo sie im Augenblick ist?«

»Wo wird sie sein? Irgendwo im Haushalt ...«

»Nein, beim jungen Bauern vom Sternsteinhof. Jeden Tag trifft sie sich mit ihm, da drüben, in der elenden Hütte, und sie betrügt dich und mich!«

Der Holzschnitzer starrte sie an. Ohne ein Wort entgegnen zu können, hörte er ihre Anklage, – bis ihre Stimme in einem Schluchzen erstickte.

Da löste sich seine Hand von der Wagenleiter, an der er sich festgehalten hatte, und taumelnd kehrte er ins Haus zurück.

Der alte Sternsteinhofer stieß seinen Sohn aus der Nachbarhütte hin zum Wagen. »Setze dich hinten auf!« befahl er.

Toni lehnte sich auf. »Wer ist der Herr? Setz' du dich hint' auf!«

»Ich weiß, daß du mich gern wegschaffen möchtest.

Aber diesmal steht es dir schlecht an. Marsch! Keine Widerrede!«

Toni merkte, daß der Alte ihn womöglich noch auf offener Straße züchtigen würde. Deshalb gehorchte er.

Der Alte kletterte auf den Bock und ergriff die Zügel. »Hü!«

Der Wagen fuhr davon. –

Als die alte Zinshoferin in die Stube gelaufen kam, um die Annäherung des Sternsteinhoferischen Gefährtes zu melden, war Helene durch die Hintertüre hinausgeflüchtet und hatte sich in der Laube versteckt gehalten.

Erst als sie den Wagen fortrasseln hörte, kehrte sie in das Kleebinderhaus zurück und fand in der Stube ihren Mann wie tot am Boden liegen.

Sie stürzte erschrocken auf ihn zu, hob ihn auf, schleppte ihn ins Bett und wusch ihm Stirne und Schläfen mit Essig.

Während sie aufgeregt um den Ohnmächtigen beschäftigt war, schaute die Mutter zur Tür herein.

»Jesus, Maria!« rief die alte Zinshoferin. »Was ist bloß los?«

»Sei still und geh'!«

»Das wird nicht ratsam sein, daß ich dich jetzt allein lasse!« meinte die Alte.

Helene stampfte ungeduldig mit dem Fuß. »Wenn ich dir sage, geh', dann geh' in Teufelsnamen!« Fast weinerlich stieß sie es heraus.

»Ja, ja, ich geh' schon, wenn mich brauchen solltest, ich bin dir schon bei der Hand.«

»Nimm das Kind zu dir!«

Die Alte ging.

Endlich erwachte der Muckerl aus der Bewußtlosigkeit. Er starrte sein Weib eine Weile an und streckte dann wie abwehrend die Hände gegen sie aus. »Weg!« schrie er. »Geh' weg von mir, du, du!«

Sie fiel ihm in die Hände und versuchte sie festhalten. »Muckerl, sei doch kein Narr! Der Sternsteinhofer ist mir von jeher feindselig gesinnt gewesen. Ihm kommt es gerade recht, daß das dumme Weib auf mich eifersüchtig ist!«

Muckerl wandte sich ab und drehte sich der Wand zu.

Helene warf sich auf ihn. »Muckerl, das leide ich nicht!« schrie sie weinend auf. »Du mußt mich wenigstens anhören!«

Aber er wollte nichts mehr von ihr wissen.

Sie rüttelte und schüttelte ihn leidenschaftlich. »Mukkerl! Es mag alles gegen mich sprechen – aber ich war dir treu bis heut!«

Jetzt wandte er ihr sein bleiches, entstelltes Gesicht zu, schaute sie mit seelenlosen Augen an. »Wenn du auch deine Frauenehre gewahrt hast, ich frage nicht danach,« sagte er leise. »Auf diese Weise ist manche treu, auch wenn sie kein Herz hat wie du! Gedacht hast du, daß ich dir doch nicht mehr lang im Weg sein werde, so wie der Sternsteinhofer von seiner kranken Bäuerin denkt. Darauf hast du gewartet, und das ist deine Untreue! Nichts kann weher tun, als daß man weiß, das eigene Weib wünscht unter einem Dach – einem den baldigen Tod!«

Helene brach in Tränen aus.

»Warum weinst jetzt?« fragte er. »Ich meine, das stünde besser mir zu. Aber diesen Gefallen erweise ich dir nicht und diese Freude mache ich dir nicht!«

Er drehte sich wieder der Wand zu und vergrub sein Gesicht in die Polster.

Helene warf sich abermals auf ihn.

»Rühre mich nicht mehr an!« schrie er. »Fort! Hinaus! Setze dich vor die Türschwelle, daß niemand hereinkommt! Ich will kein Gefrage und Gespötte!«

Da kehrte sie sich ab von ihm und ging aus der Stube.

Unbeweglich lehnte sie am Türpfosten und schaute in den verlöschenden Tag hinaus.

Langsam warfen sich ihre Lippen trotzig auf. –

*

An einem Sonntag, als Helene die Kirche verließ und sich auf den Heimweg machte, gesellte sich die Matzner Sepherl zu ihr.

»Ich hab' gehört, deinem Mann soll es recht schlecht gehen,« sagt das Mädchen.

Helene nickte.

»Wirst halt noch ein rechtes Kreuz haben mit ihm, er ist halt immer gleich recht krank. Oder nicht?«

»Ich könnt' nicht sagen, daß er es bist jetzt war!«

»Doch, doch, ich hab' oft seiner Mutter bei der Pflege geholfen.«

Helene schwieg.

»Wenn nichts dagegen hättest, würde ich ihn gern einmal besuchen und wenn es dir recht wäre, so ginge ich auch dir gern zur Hand bei der Pflege,« erbot sich das Sepherl.

»Warum soll ich etwas dagegen haben? Und wenn du mir um Gotteslohn in der Pflege beistehen willst, kann es mir nur recht sein, Sepherl!«

»Dann ginge ich gleich jetzt schon mit dir!«

»Ist mir recht.«

Als die beiden das Stübchen des Kleebinderhauses betraten, erhob sich die alte Zinshoferin. Sie hatten den Kranken und das Kind gehütet.

»Er hat sich die ganze Zeit nicht gerührt, nicht gerufen, nichts verlangt,« raunte sie der Tochter ins Ohr und schlich sich davon.

Helene trat ans Krankenbett. »Muckerl, schläfst? Die Matzner Sepherl wär' da und möcht' dich heimsuchen.«

Er drehte sich herum. »Sepherl?« lachte er matt. »Komm' nur her zu mir! Es ist recht lieb von dir, daß du nach mir schaust.«

»Wie geht's?«

»Es wird halt bald aus sein.«

»Was du dir nicht alles einbildest!«

»Meine liebe Sepherl, jeder spürt's, wie es mit ihm steht. Setz' dich bisserl her zu mir!«

Sepherl holte einen Stuhl ans Bett, und Helene ging hinaus, die beiden allein lassend.

Obwohl das junge Weib den Kranken mit aller Sorgfalt und Geduld betreute und Nächte hindurch an seinem Bett wachte, litt er sie nur ungern um sich, verlangte nie eine Handreichung von ihr, er gab ihr kein böses und kein gutes Wort, sie war für ihn einfach nicht mehr da.

Und als er damit rechnen konnte, daß die Tochter der Matznerin jeden Abend nach ihm schaute, schickte er sein Weib oft weg, wenn sie in seinem Stübchen Ordnung schaffen wollte, und sagte: »Laß' nur, das macht die Sepherl schon!«

Es war für Helene beleidigend, aber sie ertrug es schweigend.

Manchmal wollte der Muckerl in seinem Bett arbeiten, dann ließ er sich von der Sepherl das Schnitzmesser und Material holen. Das Mädchen mußte ihn dabei stützen. Die Arbeit ging nur langsam vonstatten, und als sie Formen anzunehmen begann, machte der Muckerl sogar vor dem Sepherl ein Geheimnis daraus und versteckte sie vor ihr unter der Bettdecke.

Und an einem Abend, als Sepherl wieder bei ihm saß, warf er die Umhüllung zurück und zeigte ihr das fertige Schnitzwerk her. Es war eine schmerzhafte Muttergottes mit dem Leichnam Jesu auf dem Schoß.

Sepherl betrachtete das Bildwerk lange und nachdenklich und rief dann: »Es ist ein wunderschönes und frommes Bild, Muckerl! Es ist wohl das schönste, was du je geschnitzt hast!«

Mit kraftlosen, zitternden Händen reichte er es ihr hin. »Da – nimm es, es ist für dich –, das Brautgeschenk!«

»Vergelt's Gott, Muckerl!« rief sie ergriffen. »Bloß darfst es mir nicht als Brautgeschenk geben, denn ich werde niemals heiraten.«

»So ist's auch gemeint; denn ich schenk es dir als Bräutigam!«

Sie war ganz verwirrt. »Aber Muckerl, das sind seltsame Späße! Ich freu' mich bloß, daß du heut so gut aufgelegt bist.«

»Gar nicht, Sepherl; mir ist es heut so elend wie nie zuvor. Aber mir geht durch den Sinn, wenn du dich rechtschaffen durch das Leben gebracht hast, wer weiß, ob wir nicht anderswo zusammenfinden könnten?«

Darauf folgte ein langes Schweigen, bis der Bildschnitzer ihr die Hand hinhielt. »Geh' heim, Sepherl. Ich bin heut so müd und möcht schlafen.«

Das Mädchen erhob sich, drückte seine hagere und kraftlose Hand und ging leise aus der Kammer.

Sie wollte eben über die Türstaffel davoneilen, als Helene hinter ihr rief: »He, du Sepherl! Was trägst mir denn da aus dem Haus?«

Sepherl blieb stehen und nahm das Schnitzwerk aus der Schürze. »Er hat es mir heut geschenkt,« flüsterte sie.

Helene betrachtete die Figur. »Das schaut unschön aus, so traurig,« sagte sie dann.

»Es soll auch nicht anders sein. Das Schöne hat ihm kein Glück gebracht,« erwiderte Sepherl.

Das Weib des Bildschnitzers schaute betroffen in das Gesicht des Mädchens und schlug dann die Augen nieder. »Kannst recht haben.«

»B'hüt Gott!«

»Gut' Nacht.« –

Als Sepherl auf der Straße davonging, war es ihr plötzlich, als hätte hinter ihr jemand ihren Namen gerufen. Sie blieb stehen und lauschte, aber es war niemand um die Wege. Schließlich ging sie weiter, aber es war ihr plötzlich ganz bang zumute.

Am darauffolgenden Morgen läutete vom Turm der Zwischenbüheler Kirche das Sterbeglöckchen, – und als Sepherl am Abend der Hütte des Herrgottsschnitzers zuschritt, galt ihr Besuch einem Toten.

Nach zwei Tagen wurde Muckerl zu Grabe getragen.

Nachdem sich die Menschen aus dem Friedhof entfernt hatten, schaufelte der Totengräber das Grab zu.

Scholle um Scholle polterte auf den Sarg, und dann umhüllte locker und weich die Erde einen Menschen, der aller Lust und Leiden seines Lebens wett, in ihr eingebettet lag.

Wie so viele, die in diesem Friedhof schlummerten, hatte sich auch der Zwischenbüheler Herrgottsschnitzer auf einem ganz winzigen Stückchen Erde herumgetummelt, frohe Kindertage erlebt, träumerische Jünglingsjahre und ein hartes, schicksalhaftes Mannesalter – und da –, mit einemmal war es aus. –

Als Helene mit dem kleinen Muckerl und der alten Zinshoferin von dem Leichenbegängnis heimkehrte, ging sie mit einem scheuen Blick an der Kleebinderischen Hütte vorbei und folgte der Mutter in die Nachbarbehausung.

Sie saß dort auf der alten Gewandtruhe, wortkarg, nur ab und zu dem Kind leise zusprechend.

Am Abend holte sie einen Schlüssel aus der Tasche und streckte ihn der Alten hin: »Mutter, ich tät' dich bitten, sei so gut und hole das Bettzeug herüber. Wir werden uns da ein Lager zurechtmachen. Ich mag nicht drüben schlafen.«

»Fürchtest dich wohl?«

»Es ist unheimlich in einem Haus, aus dem man einen Toten hinausgetragen hat.«

Die Alte tat, wie ihr geheißen.

Später, als alle schon eine Weile lagen, sagte das junge Weib: »Nun lieg' ich halt wieder da auf dem Strohsack, wie er mir zusteht. Hätt' ich aber noch eine Weile mit dem armen Teufel hausen müssen, stünd' ich jetzt gar als ein Bettelweib da.«

»Hm,« gähnte die Alte. »Du solltest dich nicht darüber beklagen, wie es gekommen ist, und der Muckerl ist im Himmel gut aufgehoben.«

Am Allerseelentag kniete das Matzner Sepherl in der Kirche vor dem Seitenaltar, brannte für den Muckerl eine Kerze an und betete für sein Seelenheil. An seinem Grab zu stehen, kam nur seinem Weib zu, sie wollte sich dort nicht blicken lassen, nicht ihrer selbst willen; was läge ihr daran? Aber es hätte – wie die Leute schon schlecht denken – dem Toten eine üble Nachrede einbringen können, und die hat der Muckerl doch wahrlich nicht verdient. –

*

Die Bäuerin vom Sternsteinhof hatte am Fenster gestanden, als der Leichenzug drunten auf der Straße sich zum Friedhof bewegte. Der Tod des Kleebinder Muckerl hatte sie bestürzt; er fiel ihr auf das Gewissen, denn sie meinte, daß ihre Enthüllungen, volkstümlich gesprochen, die Nägel zu seinem Sarg gewesen seien.

Seit ihrer Fahrt ins Dorf lag es ihr selbst wie Blei in den Gliedern, und sie war seitdem nicht mehr aus der Stube gekommen.

Immer wieder durchschauerte sie ein Bangen vor dem Sterben, es trat nur dann zurück, wenn sie die Furcht vor dem unmittelbar Bevorstehenden beschlich.

Dieser Furcht gaben nur allzubald die nun eintretenden Ereignisse recht.

Sie hatte dem Toni bis jetzt über sein ehrloses Verhalten noch keinen Vorwurf gemacht, auch er schien sich nicht dazu veranlaßt zu sehen, die Rede auf den Zwischenfall zu bringen und vielleicht seine Untreue abzuleugnen oder zu beschönigen; beide schwiegen beharrlich und lebten wie Fremde nebeneinander her.

Als aber etwa eine Woche nach dem Begräbnis Kleebinders der junge Sternsteinhofer für die hinterbliebene Witwe eine gar warme Teilnahme bekundete und gar noch verlauten ließ, er habe mit ihr ein gutes Werk christlicher Nächstenliebe vor, indem er sie mitsamt dem Kind auf den Hof zu nehmen gedenke, da fuhr die kranke Bäuerin entsetzt von ihrem Lager auf. »Was?« Die? Die willst du hierher auf den Hof setzen?« schrie sie erregt. »Hast du denn kein Ehrgefühl mehr im Leib, daß du dich um keine Schande mehr kümmerst? – Gott sei Dank, da hab ich auch noch ein Wort mitzureden! Niemals, sag' ich dir, kommt mir dieses Frauenzimmer ins Haus!«

»Übernimm dich bloß nicht bei deiner Schwäche!« meinte er mit verletzender Gleichmütigkeit.

Das arme Weib lachte schrill auf und maß ihn mit einem verächtlichen Blick. »Ha, du sorgst dich plötzlich um mich? – Und als was, wenn man fragen darf, nähmst du diese Kreatur auf den Hof? Welche Aufgabe willst ihr denn zuschanzen?«

»Gleich erfährst du es,« antwortete ruhig der Bauer. »Die alte Kathel kann nicht mehr länger allein das Hauswesen führen und zugleich der Krankenpflege vorstehen. Die Witwe des Kleebinder Muckerl aber ist die beste Person dafür, sie versteht sich auf Krankenpflege und kann das der Kathel abnehmen.«

»Was? Die soll mich pflegen? Die?« schrie die Kranke

außer sich und sank dann in das Kissen zurück. Von dort schaute sie ihren Mann mit großen, angstvollen Augen an, rang die Hände und stammelte: »Das könntest du mir wirklich antun, Toni?«

»Ich hab es beschlossen und so geschieht's!« entgegnete er grob. »Du hast sowieso ein Unrecht an ihr gutzumachen mit deiner dummen, eifersüchtigen Einbildung ...«

»Einbildung?« rief die Bäuerin. »Leugnest du jetzt, was du selbst im Schlaf ausgesagt hast?«

Er zog geringschätzend die Mundwinkel herab. »Im Schlaf! Was sagt man nicht alles im Schlaf! Oft den größten Blödsinn! Wenn du darauf etwas gibt, verrücktes Weibsbild, dann müßt ich auch am Morgen den Mond in meiner Tasche suchen, weil mir in der Nacht geträumt hat, ich hätt' ihn eingesteckt!«

Bitter auflachend ging er davon.

Zu solchen Szenen kam es nun öfter, und dabei ging es manchmal so laut zu, daß selbst die neugierigste Magd aus dem Gang oder Flur davonlief, nur um nicht hören zu müssen, was dort zwei Menschen sich an Vorwürfen gegenseitig an den Kopf warfen.

Die ganze Atmosphäre des Hofes litt darunter.

Eines Tages aber war der Widerstand der Bäuerin zusammengebrochen, sie war eben doch eine schwerkranke Frau, die nicht mehr die Kraft hatte, ihren Willen gegen den gesunden und starrsinnigen Mann durchzusetzen.

Die Witwe Helene Kleebinder kam mit dem Kind auf den Sternsteinhof und schien es mit der Krankenpflege sehr ernst zu nehmen. Aber die Bäuerin schrak vor jeder

Berührung mit dem jungen und schönen Weib zurück, sie gab ihr weder ein böses noch ein gutes Wort und ließ sie ganz einfach gewähren.

Sie atmete befreit auf, wenn der alte Sternsteinhofer die Treppe heraufpolterte, um sie zu besuchen; denn bei diesen Geräuschen floh Helene davon.

Und die Bäuerin hielt oft stundenlang mit ihren abgezehrten Fingern die rauhe, schwielige Hand des Alten fest, als hätte sie Angst, er könnte gleich wieder gehen. Der alte Bauer war der einzige Mensch in diesen Tagen, zu dem sie ein uneingeschränktes Vertrauen faßte.

Wenn nach einem solchen Krankenbesuch der alte Sternsteinhofer in sein Austragstübchen zurückkehrte und über den Hof schritt, kam es vor, daß er laut fluchte und wetterte, damit jeder, der irgendwo um die Wege war, es hören konnte. Dabei belegte er die junge Witwe Kleebinders mit Titeln, die kein Dienstbote zu wiederholen gewagt hätte.

Das tat er zu seiner eigenen Erleichterung, um sich Luft zu machen in seiner Wut über soviel Niedertracht.

Lange hatte der Alte geglaubt und gehofft, daß die Bäuerin ihre Krankheit überwinden und wieder gesund werden würde. Lange sprach er ihr Trost und Mut zu und stellte ihr in Aussicht, daß er ihr schon beistehen würde, ihre Rechte wahren helfe und zu gegebener Zeit diesen ungebetenen Gästen den Kehraustanz spielen wolle.

Als er aber erkennen mußte, daß die Kranke immer mehr verfiel und von Kräften kam, fielen ihm seine Krankenbesuche immer schwerer. Er kam seltener und blieb kürzer.

Flüchtig nur begegnete er dabei der verhaßten Witwe, beide gingen ohne Gruß aneinander vorbei, sie rückte ihm lediglich einen Stuhl an das Bett und verschwand dann zur Tür hinaus.

Er spürte, wie ihm in der Nähe dieses Weibes die Fäuste zuckten, aber gleichzeitig die Sprache versagte. Er haßte diese Bildschnitzerswitwe und zugleich hatte er Respekt vor ihr. Und er wußte nicht warum.

Wenn er dann in seinen Austrag heimging, sagte er sich: Ja, *die* weiß, was sie will, die hat ein unverrückbares Ziel vor Augen, das sie zu erreichen weiß, wenn auch nicht im Laufschritt, so doch Fuß für Fuß, einen nach dem anderen vorsetzend –, obwohl sie schon einmal auf ihrem Weg abgestürzt war und liegenblieb, kommt sie wieder und zwar von anderer Seite ...

Und sie wird ihr Ziel erreichen! –

Helene aber erfüllte untadelig ihre Pflicht als Krankenpflegerin. Sie wachte Tag und Nacht über die Bäuerin und wartete ihr mit immer gleichbleibender Freundlichkeit auf.

Manchmal kam der kleine Muckerl zur Tür hereingesprungen, um die Mutter zu suchen, wurde aber von dieser sofort wieder mit einem Verweis hinausgeschickt.

Es tat der Bäuerin weh, einen Vergleich zu ziehen zwischen dem gesunden, rotbackigen Jungen und dem schwächlichen, kleberigen Mädchen, das neben ihr in der Wiege lag.

Wenn dann einmal der junge Bauer hereinkam und mit begehrlichen Blicken nach der schönen Krankenpflegerin äugte, dann blitzte es in den verlöschenden Sternen der Bäuerin noch einmal auf, aufmerksam und voll herber, lautloser Anklage dem Mienenspiel der beiden gesunden Menschen folgend, – bis sie eines Tages brachen, und der alte Sternsteinhofer sie zudrückte, weil die Scheidende ihn noch um diesen Liebesdienst gebeten hatte.

»Hast nicht viel Gutes gehabt,« sagte der Alte mit gewürgter Stimme. »Warst wohl eine reiche Bäuerin, aber dabei ein armes Weib. Der Herr laß' sie ruhen in Frieden und das ewige Licht leuchte ihr! Amen.« –

*

Welchen Wandlungen die öffentliche Meinung und die Stimmung der Leute unterworfen ist, das zeigte sich in der Bevölkerung von Zwischenbühel, die an den Geschehnissen auf dem Sternsteinhof reges Interesse nahm. Man urteilte über die Menschen, verurteilte sie, manchmal zu Recht, oft aber auch zu unrecht, weil man die eigentlichen Zusammenhänge eben nicht kannte. Man suchte notwendigerweise nach einem Schuldigen, der den Anstoß zum ganzen unglücklichen Verlauf gab, und wehe, wenn dann an seiner Adresse alles hängen blieb.

Als man im Dorf merkte, daß der junge Sternsteinhofer nicht des Votivbildes wegen so häufig in die Hütte des Holzschnitzers gelaufen war, sondern daß er nur die Nähe des Weibes suchte, da schlug die Stimmung gegen den »frommen und besorgten« Bauern gewaltig um, und an Helene ließ man kein gutes Haar. Aber über alle Maße schamlos fand man es, daß der Bauer die Witwe auf seinen Hof nahm und daß diese dorthin gehen mochte.

Die Bäuerin vom Sternsteinhof wurde zur wahren Märtyerin erklärt.

Freilich, der Bauer hatte seit der Geburt seines Kindes ein krankes Weib, das mochte einiges an ihm entschuldigen, jedoch die junge Kleebinderin, als recht und schlecht verheiratetes Weib, hätte ihn beim ersten Versuch schon hinausteufeln sollen, und hätte sie dazu das längste Scheit unter dem Herd hervorholen müssen!

Als man die Bäuerin zu Grabe trug, da legten sich die Leute keinen Zwang auf, und über den ganzen langen Leichenzug hin war ein böses Murren und Grollen über diese beiden, die nacheinander den einen und das andere so gut wie umgebracht hätten. Man sagte ihnen das nicht ins Gesicht, aber brachte es ihnen immerhin zu Gehör, damit sie wissen sollten, wie man im Dorf über sie dachte.

Zu ändern war nichts mehr; die Bäuerin vom Sternsteinhof war tot und lag in der kühlen Erde, und das war für sie wohl das beste.

Für die beiden anderen aber, die nicht mehr voneinander lassen wollten, war es eine Fügung und Gnade Gottes, daß sie nun in Ehren zusammengehen konnten und zu einem Ende kamen.

Hätte man sie seinerzeit schon gewähren lassen, wäre ihnen selbst und den beiden Toten das ganze Unglück erspart geblieben.

Ja, ja, an allem, wie es gekommen und geworden ist, war eigentlich nur ein Mensch schuld, ein einziger Mensch, – der alte Sternsteinhofer!

Auf diese Weise fanden sich die meisten Zwischenbüheler in ihrem Urteil zusammen. Nur noch wenige hielten an der anfänglichen strengen Verurteilung der beiden in ihrer Ehe treulos gewordenen Menschen fest, an der Schuld des Bauern und des Holzschnitzerweibes.

Zu diesen wenigen zählte auch der Kaplan von Zwischenbühel. Aber er stieß mit seiner Meinung auf den Widerspruch des alten Pfarrers.

Freilich, auch der alte Geistliche, wenn er an die unselige Geschichte dachte, die auch just in seinem Sprengel spielen mußte, rückte bedenklich sein schwarzes Käppchen hin und her. Aber den Schuldigen den Prozeß zu machen, überließ er den Leuten, und das Urteil stellte er dem anheim, dessen Augen nie ein Schlaf schloß und die mehr sehen als aller Leute Augen zu sehen vermochten.

»Niemals, Herr Kaplan!« eiferte er gegen den jungen Hilfsgeistlichen. »Niemals werden Sie die Welt und die Menschen verstehen lernen! Sie haben keinen praktischen Blick dafür. Heute noch nicht! Ließe ich Sie jetzt an meiner Statt handeln, Sie gäben den Lebendigen keinen Frieden, und den Toten nähmen Sie ihre Ruhe! – Himmelkreuzdonnerwetter!« Dieser Kraftausdruck galt keineswegs dem Kaplan, obwohl dieser erschrocken aufschaute, sondern er hatte unvorsichtiger Weise den Finger auf die Asche seiner Pfeife gedrückt und sich dabei gebrannt.

Und während er den Finger schlenkerte, fuhr er fort: »Sie wissen nicht, wie den Leuten völlig ein Stein vom Herzen fällt, wenn etwas in Unordnung Geratenes wieder in Ordnung gebracht wird, und wie gern da alle mithelfen, damit aller Ärger und Verdruß ein Ende findet. Da mitten hinein den Leuten in den Arm fallen, das wäre für Gott und der Welt ein schlechter Dienst! Glauben Sie mir!«

»Sie erlauben,« entgegnete der junge Kaplan und erhob sich. »Ich will nicht streiten, aber das alles widerstrebt mir in tiefster Seele!«

»Dann schämen Sie sich auch in die Seele hinein, so tief sie ist!« sagte der alte Pfarrer. Er griff nach seinem Arm und hielt ihn zurück. Dann deutete er hinauf zum Kruzifix an der Wand. »Der dort hat auch keinen Zöllner und Sünder von sich gewiesen, und wunderbar sind oft die Wege, die er den Verirrten zeigt, damit sie nicht verloren sein sollen! Gerade in diesem Fall ist mir, als sähe ich seiner Gnade bis auf den Grund! Herr Kaplan, nicht daß ich das Siegel vom Beichtgeheimnis antaste –, aber das möchte ich Ihnen sagen: Diese beiden hat er in seiner Erbarmung vor einem Verbrechen bewahrt!«

»Vor einem Verbrechen?« fragte der Kaplan entsetzt.

»Jawohl, vor einem Verbrechen – vielleicht sogar vor zwei!«

Damit nickte der alte Herr dem verdutzten Kaplan ernst zu und ging hinaus. –

*

Am übelsten kam die alte Zinshoferin weg; denn bei ihr sprachen die Leute nicht hintenherum, sondern sie sagten ihr es freiweg ins Gesicht, daß sie kupplerischen Vorschub geleistet habe. Man wich ihr aus, mied jeden Verkehr mit ihr, und selbst auf dem Sternsteinhof, von wo sie eigentlich schuldigen Dank zu ernten glaubte, wurde sie recht unfreundlich angelassen.

An einem Abend, als ihre Anbiederungen wieder recht wenig Gehör fanden, und sie erbittert vom Hof weglief, kam ihr der alte Sternsteinhofer in den Weg.

Sie ging auf ihn zu und sagte: »Bauer, jetzt erfahr' ich, was auch du schon seit langem weißt.« Sie faßte ihn beim Arm und hielt ihn fest. »In diesem Stück wären wir gleich!«

Er machte sich unsanft frei und wischte über den Ärmel, als wäre er durch diese Berührung schmutzig geworden. »Faß' einen nicht an!« erwiderte er rauh. »Mit dir weiß ich mich in keinem Stück gleich, merk dir das!«

»Ich meine mit dem Undank der Kinder!« meckerte sie.

»Ach so! Mag sein. Dank hab' ich keinen, aber gegen den Undank hab ich mich gesichert. Mußt dir schon ein anderes Gespann suchen, wenn schon nicht allein am Strang gehen willst!«

Damit drehte er ihr den Rücken zu.

Alles, was der reiche künftige Schwiegersohn für die alte Zinshoferin tat, war, daß er ihr bei beginnendem Winter erlaubte, aus ihrer verfallenen Hütte in das leerstehende Kleebinderhäusel überzusiedeln.

Da saß sie nun zwischen fester gefügten und reinlicheren Mauern, fror aber wie früher, denn die Fuhre Holz, auf die sie gerechnet und gehofft hatte, war ausgeblieben. Sie ertrug es solange, bis es ihr – wie sie sich äußerte – doch einmal zu dumm wurde.

»Sie sollen mir nur noch ein unschönes Wort geben, dann werde aber auch ich mein Maul auftun!« murrte sie, griff zur Hacke, hieb des seligen Herrgottsschnitzers Holzvorrat zusammen und verfeuerte ihn –, und als davon kein Span mehr im Haus war, zerrte sie die halbfertigen Figuren des Votivbildes auf den Hackstock.

Mit boshaft zwinkernden Augen schaute sie in die flackernden Flammen im Ofen und meinte: »Die Heiligen brennen auch nicht schlechter als Holz.«

So half sie sich leidlich über den Winter hinweg. Das Trauerjahr des jungen Sternsteinhofers ging zur Neige, dann mußte ja doch einmal etwas geschehen da droben, und damit würde sich auch ihre Lage ändern.

Aber von anderen Leuten mußte sie es sich sagen lassen, daß der Notar bereits auf dem Sternsteinhof vorgesprochen habe, um den Ehevertrag aufzusetzen und die Verbriefung vorzunehmen.

Da wurde die Alte von einer quälenden Neugierde gepackt, die sie nicht mehr ruhig sitzen ließ. Sie jagte im Haus herum, hastete die Stube aus, die Stube ein, lief vom Speicher hinab in den Kellerraum, vom feuchten Grundmauerwerk hinauf unter die Dachsparren.

Sie mußte sich jedoch gedulden und schaute alle Augenblicke durchs Fenster auf die Straße hinaus.

Und dann sah sie doch einmal jemand auf ihr Häuschen zukommen, den sie erst erkannte, als er dem Haus nahe war.

Es war der Zwischenbüheler Bürgermeister.

Der Dorfgewaltige trug auf langen Beinen einen merkwürdig kurzen Oberleib, und auf den breiten Schultern ein auffallend kleines Köpfchen.

Die Zinshoferin wartete gespannt, bis er an die Tür klopfte.

»Herein!«

Der Bürgermeister betrat die Stube und tupfte grüßend an den breiten Hutrand.

»Du bist die Zinshoferin?« fragte er amtlich.

»Ich mein', die Frage wär' überflüssig, falls du inzwischen nicht blind geworden bist, Bürgermeister,« sagte sie giftig.

»Blind, wenn ich wäre, könnt' ich trotzdem einen Eid ablegen, daß du's bist, denn man kennt dich allein schon an deinem Gekeife! Aber was konstatiert werden muß, das muß eben konstatiert werden, wenn ich von Amts wegen mit dir zu reden hab'! Verstehst mich?«

»Soso, von Amts wegen! Dann pack' nur gleich aus!«

Sie schaute sich nach einem Stuhl um, fand aber nicht gleich einen, der nicht schon mit Kleiderzeug belagert war.

»Laß' nur!« winkte der Bürgermeister ab. »Wir werden gleich fertig sein miteinander.«

Der Alten stieg die Zornröte ins Gesicht. »Da schau her!« rief sie. »Wenn schon keines von denen Protzen da oben für wert findet, mich hinaufzurufen oder zu mir herabzukommen, dann will ich wenigstens durch Fremde erfahren, was überhaupt los ist! Und das wirst du mir jetzt sagen, ob's lang dauert oder kurz, Bürgermeister! Vorher laß' ich dich nicht aus der Stube heraus!«

»Was willst denn wissen, Zinshoferin?«

»Was überhaupt geschieht!«

»Was soll denn geschehen? Daß deine Tochter Sternsteinhofbäuerin wird. Das weißt ja selbst.«

»Was weiter?«

»Ich mein', das wär' genug! Obendrein nimmt der Bauer auch noch ihren Buben an Kindes Statt an.«

»Was nicht gar! Auch dazu zwingt er sich!« Die Alte bleckte mit den Zähnen, als aber der Mann sie verwundert anschaute, besann sie sich. »Ist ein gutes Werk,« fügte sie hinzu.

»Jawohl. Gottes Lohn dafür! Als bestellten Vormund war mir das keine geringe Freud', wenn ich denke, daß mein Mündel einmal Herr und Besitzer auf einem der größten Anwesen im Land sein wird. Trotzdem muß ich als Vormund darauf bestehen, daß das Häusel da nach des Vaters Tod dem Kind ...«

»Was?« schrie die Alte und schlug mit der Hand über den Tisch. »Austreiben möchten sie mich von da? Und du, alter Krippenreiter, hilfst auch noch dazu!«

Sie machte eine Faust gegen den Sternsteinhof hinauf. »Da schaut ihr euch aber an, ihr zwei da droben! Zu allem Schlechten war ich ja recht, und zu allem Rechten wär' ich jetzt zu schlecht!«

Sie wandte sich wieder an den Bürgermeister, der ihrer Rede nicht wenig bestürzt zuhörte. »Und du, fürsorglicher Vormund, ob ich euch nicht allen miteinander einen dicken Strich durch die Rechnung mache? Mein Maul tu' ich auf und weise nach, daß dem verdammten Fratzen das Häusel nicht zukommt! Einen Eid lege ich darauf ab, daß er an den verstorbenen Holzschnitzer kein Recht hat, und daß der da droben, der Bauer vom Sternsteinhof nicht von Kindes Statt reden darf!«

Der Bürgermeister hatte eine Art Rundtanz um die schimpfende Alte aufgeführt und dabei mit den Armen geschlagen wie ein balzender Auerhahn, aber er kam einfach nicht zu Wort, bevor das Maulwerk des Weibes nicht abgelaufen war.

Erst als er einen dröhnenden Fluch ausstieß und auf den Tisch einschlug, daß das ganze Haus erzitterte, brach die Alte einen Augenblick ihre Schimpfkanonade ab und glotzte ihn an.

»Laß' mich jetzt doch auch einmal reden, du Teufel von einem Weib!« schrie er. »Du weißt ja gar nicht, was ich dir zu sagen habe und daß du absolut keinen Anlaß hast, Gift und Galle über mich auszuschütten!«

»Na, dann red' halt!« murrte die Alte. »Jetzt rede!«

Der Mann räusperte sich noch ein paarmal und dann holte er aus: »Das Haus hat der junge Sternsteinhofer aufgekauft und das Geld wird für den kleinen Muckerl angelegt ...«

»Und ich? Was ist mit mir?« schrie die Alte wieder.

»Und dir hat es der Bauer geschenkt, du wirst in den nächsten Tagen als Besitzerin ins Grundbuch eingetragen. Hast verstanden? Bist jetzt zufrieden?«

Die Alte war platt. Sie wußte nicht mehr, was sie sagen sollte. Verlegen zupfte sie an ihrem Gesicht herum. »Ja, ja, – freilich bin ich zufrieden. Soso, das Häusel ist jetzt mein?«

»Es ist dein, – und jetzt darfst dein Geschimpf von vorher schon ein bissel bereuen!«

»Man redet halt, weißt schon, Bürgermeister.«

»Sei froh, daß ich auf dein Geschwätz nicht höre und auf deinen Eid und deine Beweise nichts gebe, hättest damit eine schöne Suppe anrühren können!«

»Bist ein gescheiter Mann, Bürgermeister! Freilich war es ein dummes Geschwätz, das mir da in der Wut aus dem Maul gefahren ist gegen die braven Leut' vom Sternsteinhof und meine leibliche Tochter. – Vielleicht tust mir die Ehre an, Bürgermeister, ich meine, für deine gute Botschaft, und nähmst ein Glas Wein? Daheim hab ich zwar keinen, aber ich lauf recht gern 'nauf zum Wirt …«

»Dank schön. Ich nehme mit dem guten Willen vorlieb, Zinshoferin. Gut' Nacht!«

»Gut' Nacht, Bürgermeister!«

Sie begleitete ihn noch vor die Türe, aber er ging rasch davon.

Abermals trieb es die Alte ruhelos im Haus herum, die Stube aus, die Stube ein und vom Keller hinauf unter die Dachsparren, aber diesmal war es nicht mehr Neugierde, sondern die Lust und Freude an ihrem neuen Besitztum.

Vieles, worauf sie früher nicht geachtet hatte, besah sie sich jetzt genauer; jetzt galt jeder Nagel in der Wand und zählte mit.

Sie lief auch noch hinaus in den Garten, betrachtete die Bäume und Sträucher, aber bei all dieser Besitzerfreude verließ sie nicht einen Augenblick der sittlich erhebende Gedanke, daß ihr dieses Glück nicht in den Schoß gefallen war; sie hatte es sich redlich verdienen müssen. –

*

Es war eine sehr stille Hochzeitsfeier, die bald darauf auf dem Sternsteinhof stattfand, ganz wie es sich für Brautleute gehörte, die nach kurzer Witwerschaft eine zweite Ehe schlossen.

Verwundert und verblüfft schauten die wackeren Zwischenbüheler auf das junge, schöne Weib, als es mit ihrem Mann vom Altar wegging. Daß die Tochter der alten Zinshoferin wegen ihrer Wohlgestalt allezeit aufgefallen war, das wußte man, aber so schön wie an diesem Tag ihrer zweiten Trauung, hatte sie noch niemand gesehen.

Das erste Mal, als sie an der Seite des Kleebinder Muckerl zum Altar trat, hatte sie die Augen niedergeschlagen und einen gedrückten Eindruck gemacht, aber diesmal schritt sie stolz und selbstbewußt einher, nicht anders, als ginge sie ebenbürtig und rechtens neben dem jungen Bauern in diese Ehe. Herausfordernd begegnete sie den mißgünstigen Blicken, die sie hier und dort entdeckte. Ihr Gesicht verschönte ein stilles, glückliches Lächeln, es glich dem eines Kindes, das von den erträumten und nun greifbar gewordenen Herrlichkeiten gefesselt war.

Man konnte diesem Gesicht, das keine Wolke und kein Schatten der Vergangenheit trübte, den einzigen Gedanken ablesen, der sie in diesem Augenblick beseelte: »Erreicht!«

Die Leute hatten über die neue Sternsteinhofbäuerin, die, nachdem sie so selbstverständlich sich als solche gebend, an ihnen vorbeigeschritten war, die Herrgottsschnitzerswitwe und die Zinshoferdirn ganz vergessen, und ehe sich die Boshaftesten auf die längst für diese Gelegenheit gedichteten Spottverse besannen und dann doch noch zögerten, waren die Wagen mit dem Hochzeitspaar und den Gästen schon aus aller Hörweite.

Unter den geladenen Gästen befand sich auch der Käsbiermartel von Schwenkdorf, und daß er überhaupt gekommen war, konnte nur den verwundern, der den

Alten nicht genau kannte und nicht wußte, daß ihm solche Feste, bei denen es ein reichliches Mahl und Wein in jeder Menge gab, über alles gingen.

In der Kirche hatte er sich jedoch nicht blicken lassen, und während drunten im Dorf der Trauakt stattfand, saß er droben im Gehöft und leistete dem alten Sternsteinhofer, der sich der Kopulation ebenfalls fernhielt, Gesellschaft.

Sie saßen in der Feststube, als die neue Bäuerin an der Seite ihres Mannes hereinkam.

Ohne jede Hemmung ging die junge Frau auf ihren nunmehrigen Schwiegervater zu. Mit leuchtenden Augen, in denen eine etwas schalkhafte Bosheit lauerte, und mit einem freundlichen Lächeln, von dem er fühlte, es gelte nicht ihm, sondern ihrer unbestreitbaren Schönheit, bot sie ihm die Hand.

Er ergriff sie nicht.

»Ich bin halt doch da,« sagte sie leise. »Sei also gescheit! Oder willst mir ewig feind sein?«

Der Alte wandte sich von ihr ab und dem Käsbiermartel zu. »Wieder eine!« sagte er. »Ich bin neugierig, wieviele Bäuerinnen ich noch erlebe!«

Da ging Helene von ihm weg.

Als dann während des Mahles der alte Bauer die Stube verließ, folgte die junge Bäuerin ihm nach. Sie wartete im Flur, bis er wieder zur Tür hereinkam.

»Ich hab' dir vorhin die Hand geboten!« sagte sie herausfordernd.

»So?«

»Stell' dich nicht blind! Bemerkt mußt es ja haben!«

»Mag schon sein.«

»Du hast mir die deine verweigert!«

»Bist also auch nicht blind.«

»Vor allen Leuten!«

»Und?«

»Das ist eine Grobheit!« zischte sie.

»Ich kann nicht aus meiner Art.« Er wollte weitergehen.

Sie vertrat ihm den Weg. »Keinen Schritt!« rief sie. »Du hörst an, was ich dir zu sagen habe! Glaubst du vielleicht, ich laß' mich von dir behandeln, als wäre ich niemand im Haus? Da irrst du dich aber gewaltig. Mich lerne erst kennen! Weil mir heut in der Kirche der Gedanke gekommen ist, nachdem nun doch alles seinen guten und richtigen Weg genommen hat, daß es eigentlich ein Unsinn wäre, einander wegen dem Früheren noch etwas nachzutragen, drum wollt' ich dir meine Hand reichen, nicht um deine Freundschaft zu erbetteln, sondern im guten Glauben, auch du möchtest soweit christlich denken und ein wenig Vernunft annehmen!«

»Du kannst zwei Fallen stellen und in jede dein Speckbröcklein legen, ich geh' dir in keine!« sagte er.

»Ich will dich nicht fangen, Bauer! Bild' dir bloß das nicht ein! Mir geht es nur um den Frieden im Haus. Schenkst du mir deine Achtung, schenk' ich dir auch die meine. Aber wenn du es anders willst, kannst es auch so haben. Du sollst nicht umsonst die Gedanken in mir aufgewirbelt haben! Alle Schande, jedes Verkriechen und Verstellen wäre mir all die Jahre her erspart geblieben, hättest du mich damals nicht in deiner herzlosen Weise abgewiesen. Du würdest es auch heut noch tun, wenn du könntest! Du sollst mich nicht umsonst an jene

Stunde erinnert haben, in der ich in heller Verzweiflung die Stiege da heruntergeschlichen bin und zu unserem Herrgott gebeten habe, er möge mich den Tag erleben lassen, an dem ich dir diese Schmach heimzahlen könnt'. Der Tag ist jetzt da, Bauer! Ich will es dir zeigen, daß er da ist!«

Der Alte schaute sie mit finsteren, zusammengekniffenen Augen an. »Was willst du mir zeigen? Du?«

»Was du dir für deinen Austrag ausgenommen hast, das will ich dir verweigern!«

»Untersteh' dich bloß nicht ...!«

»Um jedes weitere Wort ist es schade!« zischte sie. »Vergiß bloß nicht, wen du vor dir hast!« Damit kehrte sie ihm den Rücken und schritt zurück in die Stube.

Mit geballten Fäusten folgte der alte Bauer ihr nach.

Der große Ärger tat aber weder seiner Eßlust noch seiner Liebe zum Trunk Abbruch, im Gegenteil, er schien seinen Appetit noch zu fördern. Er kaute und trank als fülle er ein Faß ohne Boden.

Als die Gäste aufbrachen, erklärte er mit kläglicher Stimme, daß sich nun doch das Alter bei ihm bemerkbar mache, weil ihn die Füße nicht mehr tragen und die Augen ihn trügen wollten.

Aber dazu wurde nur gelacht, man wußte und sah es ihm an, welchen Grund das Versagen der Füße und der Augen hatte.

»Käsbiermartel, du mußt mich hinüberführen!« rief er dem alten Freund zu.

Der Lange mühte sich dann auch, seinen Schützling heil und unbeschadet über den Hof zu bringen, obwohl er sich in demselben Zustand des kreisenden und schaukelnden Gleichgewichtsverlustes befand. Aber sie waren wenigstens zu zweit, und zu zweien rannten sie gegen ein halboffenstehendes Scheunentor, das durch den Anprall ganz aufflog, und die beiden in taumelnder Hast hinterher, so weit es sich in den Angeln drehte. Wenige Schritte weiter fielen sie Arm in Arm über einen umgestürzten Brunnentrog, und von einem zum anderen »Fall« erreichten sie glücklich das Ziel, und an der Schwelle des Austragshäuschen angelangt, lallte der Käsbiermartel: »Was bist du – bloß in deinen alten Tagen – für ein leichtsinniger Mann –, gälte es –, man könnt' dich heut' wieder hinten auf den Wagen werfen wie damals in Schwenkdorf!«

Der alte Sternsteinhofer riß sich von seinem Begleiter los und versetzte ihm einen Stoß in die Rippen, daß er aufschreiend an die Hausmauer fiel.

Trotzdem raffte der Käsbiermartel sich auf, um den Schutzbefohlenen noch unter Dach zu bringen.

Polternd stolperten sie die Treppe hinauf. Berstend und krachend flog die Kammertür auf –, und da stand der Käsbiermartel plötzlich allein im Finstern. Nur durch das Fenster fiel das Sternenlicht herein.

»Sternsteinhofer!« schrie er. »Wo bist denn jetzt hinkommen?«

Nichts rührte sich.

»Sternsteinhofer! So melde dich doch, dummer Kerl! Bist da oder nicht?«

Da hörte der Käsbiermartel aus irgend einer Ecke ein lautes Schnarchen ...

»Ach so! So ist das, du schläfst schon!« lachte der Lange befriedigt und suchte nicht mehr weiter nach ihm.

Er tastete über das Bett und fand es leer. »Es wäre doch eine Sünd'!« meinte er und legte sich, wie er war, in das Bett.

Nach einer Weile hörte man nur noch Schnarchen und Schnauben. –

Früh am Morgen wurde droben auf dem Sternsteinhof ein Fenster der großen Stube geöffnet. Die junge Bäuerin beugte sich heraus und schaute hinab ins Dorf.

Ein dünner Dunst lag über dem Tal.

Langsam kam die Sonne hinter dem Hügel herauf, ihre Strahlen brachen in den Dunst ein und stoben ihn hinweg. Der Bach spiegelte das Licht.

Das Turmkreuz an der kleinen Dorfkirche funkelte, an den Häusern und Hütten blinkten die Fensterscheiben glutrot auf.

Frisch wehte die Morgenluft.

Die Bäuerin strich eine Haarsträhne, die ihr vor den Augen fächelte, zurück.

Ihr Blick lag auf der letzten Hütte da drunten, wo sie eine freudlose Kindheit verlebte, er wanderte weiter auf das Häuschen nebenan, wo sie sich selbst und anderen zu Leid und Last hauste...

Aber das Erlebte verblaßte vor dem Gedanken, daß sie nun allem Elend und aller Drangsal entronnen war. Es war ihr nun vergönnt, herabzuschauen vom reichen Sternsteinhof auf das Dorf ...

Sie hatte es als Kind schon ersehnt und gewünscht – und nun hatte es sich doch noch gefügt.

Ein dankbares, fast andächtiges Gefühl überkam sie; dankbar, obwohl sie nicht wußte, gegen wen. Vielleicht gegen die Sonne, die alles so warm und freundlich beleuchtete? Oder gegen die Luft, die sich so frisch und erquicklich regte? Gegen die ganze schöne und prangende Welt?

Sie faltete die Hände vor der Brust, und lange blieb sie so in ihrer Andacht stehen –, dann aber fuhr sie plötzlich mit einem auflachenden Schrei zurück.

Der junge Bauer stand hinter ihr. Heimlich hatte er mit beiden Händen ihr unter die Achseln gegriffen. –

*

Die Tage, Wochen und Monate gingen dahin. Der alte Sternsteinhofer und die junge Bäuerin liefen sich ungezählte Male über den Weg. Sie suchten sich nicht und mieden sich nicht. Er bemerkte wohl den mißgünstigen Blick, mit dem sie ihn bei jeder Begegnung seitwärts streifte, aber er machte sich darüber keinerlei Gedanken. Er erinnerte sich kaum mehr daran, was sie an ihrem Hochzeitstag zu ihm gesagt hatte. Sie hatte sich halt ein bissel im Reden übernommen, die Neue, sagte er sich. Und dafür, daß es bei leeren Worten bleibt, ist er der – Alte.

Es war an einem schönen Abend, als der alte Sternsteinhofer auf seinem Wägelchen von Schwenkdorf, wo er heut den Käsbiermartel besucht hatte, auf der Heimfahrt war. Er ließ das Roß gemächlich des Weges trotten, schaute behaglich über die freundliche Landschaft hin und ließ den Herrgott einen guten Mann sein.

Als er in Zwischenbühel die Brücke passierte, fing es bereits an zu dämmern. Plötzlich lief ihm aus einem Busch hervorkommend eine weibliche Gestalt entgegen.

Ihren aufgeregten Gebärden nach merkte er, daß sie ihn aufzuhalten versuchte.

Es war die alte Kathel. Sie mußte ihm vom Hof her entgegengelaufen sein. Vielleicht hatte sie schon lange auf ihn gewartet.

»Halt' an, Bauer!« rief sie.

»Brrr!«

Das Fuhrwerk stand. »Was gibt's denn, Kathel? Du tust, wie wenn der Hof brennen würde!«

»Ich muß dir etwas sagen, Bauer!« rief die Alte außer Atem. »O Jesus, Maria!«

»Ruf' nicht lang die Heiligen an, sag', was los ist!«

»Ich habe bloß befürchtet, es könnt' ein Unglück geschehen, wenn du so unvorbereitet dahinterkämest ...«

»Hinter was? So red doch endlich!«

»Es wird dir etwas abgehen, wenn du heut heimkommst!«

»So? – Man wird doch nicht etwa eingebrochen und etwas weggestohlen haben?«

»Nein, gestohlen ist es dir ja nicht worden.«

»Was denn? Rede doch einmal in Dreiteufelsnamen!«

»Deine eiserne Geldtruhe, – nein, sie ist nicht gestohlen worden, das will ich nicht sagen.«

»Die steckt auch keiner so leicht in den Sack.«

»Man hat sie bloß weggetragen.«

»Was? Spinnst du vielleicht? Wer soll es wagen, an meine Geldtruhe heranzugehen?«

»Die Bäuerin ...«

»Himmelherrgottsakerment!« brüllte jetzt der alte Bauer und zog die Augen ganz schmal zusammen. »An meinem Eigentum vergreift sie sich, die Einschleicherin, die Diebin!«

Die alte Kathel faltete die Hände. »Um Gotteswillen, Bauer! Schrei doch nicht so herum, sonst rennen noch die Leut vom Ort herzu oder man hört's hinauf bis zum Hof! Zutragen ist nicht meine Sache, und wenn man mich da sieht, werde ich in meinen alten Tagen noch davongejagt! – Laß' dir sagen, wie es zugegangen ist!«

»Red'!« sagte er finster.

»Du warst kaum fort heut', da ruft die Bäuerin die Knechte zu sich und tragt ihnen auf, die eiserne Truhe vom Austraghaus auf den Hof herüberzuschaffen.«

»Wohin ist sie gebracht worden?«

»In die schöne Stube, wo sie früher schon gestanden hat und wo sie hingehört, wie die Bäuerin sagt.«

»Das hat sie gesagt?« lachte der Bauer grimmig. »Und jetzt steht sie dort?«

Kathel nickte.

»Das war eine kurze Freude für die Bäuerin«, knurrte er. »Wie ich jetzt heimkomme, werde ich ihr meine Meinung schon sagen, und heut noch wird die Truhe zurückgetragen, und die sauberen Knechte, die einfach an mein Eigentum Hand anlegen, die will ich mir besonders freundlich vornehmen. Darauf kannst du dich verlassen. Sie werden noch lang daran denken!«

»Mein Gott, was hätten sie denn machen sollen? Man hat es ihnen befohlen. Es war sowieso keine leichte Arbeit, der Schweiß ist ihnen dabei über's Gesicht geronnen.«

Der Bauer grinste. »Glaub's gern.«

»Dem Wastl ist die Truhe auf den Fuß gefallen, er hat

nimmer gehen können und man hat ihn wegführen müssen.«

Der Bauer lachte. »So, dann hat wenigstens einer schon seine Straf'! Das ist mir lieb, leid tut mir bloß, daß es nicht auch die anderen so erwischt hat!«

Aber mitten in seiner Schadenfreude hinein mußte ihm plötzlich ein ganz anderer Einfall zugeflogen sein; denn sein Gesicht legte sich in böse Falten. »Teufel!« murmelte er. »Wirst doch nicht auf einmal kindisch werden, daß du dich so böswillig freuen kannst! He, du, – Sternsteinhofer! – Das wär' noch schöner, einen kindischen Alten, den könntet ihr jetzt droben brauchen! Aber noch ist es nicht so weit! – Steig' auf, Kathel!« rief er und rückte auf dem Bock zur Seite. »Wir wollen gleich der Bäuerin unter die Augen!«

Aber die Alte wehrte sich dagegen. »Wo denkst du hin! Man weiß droben nicht, daß ich dir entgegengelaufen bin, sie meinen, ich sei zur alten Matzner Resl gegangen, drum kann ich dir auch keine Zeugin machen. Ich möcht' dich bloß noch bitten, daß nicht unüberlegt handelst! Gut' Nacht!«

Sie lief über die Brücke und dem Dorf zu, das bereits in die Nacht versank.

Der alte Sternsteinhofer schwang die Peitsche und jagte das Pferd den Hügel hinauf. Polternd hüpften die Räder über die Rinnen und Löcher der Straße.

Der alte Bauer hatte den Kopf vorgeschoben und schaute aus schmalen Augen dem Gehöft entgegen.

Dort angekommen, fuhr er direkt vor das Haus und beinahe in die Gruppe von etwa drei Mannsbilder hinein, die plaudernd vor dem Tor standen. Zwei davon liefen lachend weg, der dritte war nur beiseite gesprungen, daß die Räder ihn nicht überrollen sollten, dann blieb er stehen.

»Aha! Kann mir schon denken, warum man heut vor mir davonrennt!« höhnte der Alte und deutete mit dem Peitschenstiel in die Richtung der entflohenen Knechte.

»Und du, Lump, spielst mir vielleicht noch ein gutes Gewissen vor? Was? Nimmst an einem Diebstahl teil und traust dich noch mir ins Gesicht zu trotzen?«

Der Knecht zuckte die Schulter.

»Aha! Du meinst, ich sei dir keine Antwort mehr wert. Wart' nur, dafür lehre ich dich Sprünge machen!«

Schon hatte er mit der Peitsche zum Schlag ausgeholt, und der Knecht streckte die Arme, um den Schlag aufzuhalten –, da kam die Bäuerin zur Tür heraus, um nach dem Lärm zu schauen.

»Wie er dich schlägt, Heiner, schlägst du zurück!« rief sie dem Knecht zu. »Das brauchst du dir nicht gefallen zu lassen! Du hast nur getan, was ich dir angeschafft habe. Und Herr ist hier der Bauer und die Bäuerin – aber nicht mehr der Alte!«

Da warf der Bauer die Geißel von sich und sprang vom Wagen. »Du – du willst die Dienstboten gegen mich aufhetzen?« stöhnte er vor Wut. »Sollen sie sich gar an deines Mannes leiblichen Vater vergreifen? Nicht schlecht! – Wo ist der Toni?«

»Droben auf seiner Stube sitzt er und kann durchs offene Fenster jedes Wort hören, was da gesprochen wird. Sollte ihm etwas an meiner Rede nicht gefallen, bräuchte er mir bloß abzuwinken, aber du siehst selbst, er hat nichts einzuwenden!«

»Ein bissel mehr Respekt vor mir, könnt' dir nicht schaden!« grollte der Alte. »Ich bin immer noch der Vater des Bauern, und was hier steht und wächst, ist von mir!«

»Den Respekt, der dir als Vater und Altbauern zukommt, gäbe ich dir gern, wolltest du dich damit zufriedengeben. Aber einen Nebenherrn kenn' ich nicht und ich leide es nicht, daß du auch nur eines von unseren Dienstboten anschreist oder gar schlagen willst, bloß weil er mir gehorsam war!«

»Kenn ich nicht, – leide ich nicht!« spottete der Alte ihr höhnisch nach. »O du – ich mag den Namen gar nicht sagen, der dir zukäme! Nicht als Nebenherr tritt ich da auf, sondern als mein eigener über mein Hab und Gut! Was hast du in meiner Austragstube zu suchen und davon wegzuschleppen? Das ist Diebstahl!«

»Schau, schau, du weißt auch das schon, bevor du auch nur einen Schritt in dein Haus hineingetan hast! Dann hat es dir höchstens die alte Kathel zugetragen, sie ist ja bekannt als deine Zuträgerin!«

»Die Kathel ist ein Ehrenweib und als solches auf dem Hof alt geworden!«

»Und wenn ich es will, wird sie um keinen Tag älter da bei uns, merk' dir das!«

»So? – Du willst sie gar fortjagen?« knirschte der Alte.

»Wenn sie dir gesagt hätte, was du nicht erfahren sollst, würde ich mich keinen Augenblick besinnen und ihr das Bündel vor die Tür stellen! Weil sie dir aber nur verraten hat, was durchaus kein Geheimnis ist und als solches gilt, ist mir die Sache keines solchen Aufhebens wert!«

»Wie gnädig! – Vielleicht bist du dann so gut und läßt mir nur gleich den eisernen Schrein in mein Haus zurückschaffen, den du widerrechtlich an dich genommen hast!«

»Der bleibt, wo er jetzt ist!«

»So? – Du willst zur Diebin werden?« brüllte der alte Bauer und erhob die Faust.

Sie wich einen Schritt vor ihm zurück, nicht der Drohung wegen, aber der Schimpf, den er ihr antat, verletzte sie.

»Aber du hast nichts davon!« triumphierte er. »Den Schlüssel dazu hab ich, und den bringst du nicht an dich, solange ich lebe und mich rühren kann!«

»Den behalt' nur,« erwiderte sie trotzig. »Ich will bloß eine Ordnung, aber nicht dein Eigentum. Der Schrein ist bei uns gut aufgehoben und der Schlüssel bei dir. Du bist heut ein alter Mann, einmal vergißt auf das Zusperren oder du verstreust und verlegst selbst etwas, es greift vielleicht einmal eine fremde Hand zu, und dann ist die Komödie fertig. Wir hätten womöglich die Gendarmen auf dem Hof und jeder Dienstbote käme in einen falschen Verdacht. Besser bewahrt als beklagt! Wir greifen dir schon nicht hinein, aber es ist nicht mehr wie recht, wenn wir wissen wollen, wozu du hineinlangst. Alte Leute machen oft unschuldigerweise Dummheiten, und am Ende wüßte kein Mensch, wo das Geld hingekommen ist, drum gehört der Schrein dorthin, wo er jetzt steht, und er ist nicht das Letzte, was wir in Obhut nehmen müssen, wenn du es so fort treibst! Schau's nur an, das arme Roß, da steht es noch und kann sich kaum erholen, so hast du es den steilen Berg heraufgeteufelt!

Wenn du so mit Roß und Rindern umgehst, müssen wir es halt auch in unseren Stall zurückholen.«

»Was? Du nähmest mir auch das Vieh noch weg?«

Die Bäuerin kehrte ihm den Rücken zu und schritt in den Flur zurück, einen Blick richtete sie über die Achsel noch nach ihm, obwohl sie in der Dunkelheit den Ausdruck seines Gesichtes nicht mehr zu unterscheiden vermochte.

Aber sowohl aus seinem wie aus ihrem Gesicht sprach der Hohn, vielleicht sogar der Haß.

»Oh, du!« grollte der Bauer ihr noch nach.

Beide Fäuste hatte er erhoben und sinnierte nur noch darauf, wie er diesem Weib zusetzen könnte.

»Soso! Alles willst du mir nehmen, du – du –! Mein Geld, das Vieh! – Jawohl, nimm's nur! Dafür nehme ich dir den Segen von Haus und Hof und Grund.«

Er lachte wie ein Irrer auf und ging seinem Zuhaus zu.

Nachdem das Pferd ihm nachgeschaut hatte, schüttelte es die Fliegen vom Kopf, drehte sich herum und folgte ihm mit dem Wägelchen nach. –

Es war wenige Tage später, mitten in der Nacht, der Mond leuchtete in die Schlafstube, der junge Bauer gähnte, weil sein Weib ihn aufgeweckt hatte.

»Toni!« sagte sie und stieß ihn an.

»Was ist?«

»Kannst du denn schlafen?«

»Warum sollt' ich denn nicht schlafen können?«

»Hast du denn nichts gehört, es war gestern und vorgestern in der Nacht schon so, wie ein Klopfen ...«

»Nein, ich hab' nichts gehört. Keinen Laut.«

»Vielleicht war es doch nur eine Einbildung von mir.«

»Es wird schon so sein.«

»Oder allein für meine Ohren bestimmt ...«

»Das wäre dann schon wieder eine neue Einbildung. Horch nicht so viel und schlaf'! Hörst nichts! – Gut' Nacht!«

Beide zogen die Decke bis zum Kinn und lagen still. Toni verriet bald durch seine regelmäßigen Atemzüge, daß er wieder eingeschlafen war.

Die Bäuerin blieb wach, und es dauerte nicht lange, da richtete sie sich abermals auf und stützte den Kopf in die Hände. Sie schaute sich in der Schlafstube um. Von der Ecke her glänzte es milchigweiß zu ihr herüber; dort stand das Gitterbett, in welchem der sechsjährige Mukkerl und die eineinhalb Jahre alte Juliana schliefen. Der Mond schien den Kindern direkt ins Gesicht.

Die Bäuerin erhob sich, ging hin und verhängte das Gitter mit Tüchern, damit die Kleinen keine schweren Träume haben sollten oder gar mondsüchtig würden.

Die Kinder hatten die Decke weggestrampelt und lagen nackt.

Helene betrachtete den kräftig entwickelten Knabenkörper, erfreute sich an seiner Gesundheit. Sachte strich sie über seine Wange. »Bist halt mein sauberes Bürschel, du!« flüsterte sie.

In diesem Augenblick regte sich das Mädchen und verzog das Gesichtchen zu einer weinenden Miene.

Helene zog die Decke über das Kind und sagte begütigend. »Nein, nein, du bist schon auch mein schönes Dirndl!«

Leise schlich sie zu ihrem Lager zurück. Kaum hatte sie sich niedergelegt, fuhr sie lauschend aus dem Kissen.

Da war es wieder, was sie schon seit zwei Nächten so beunruhigte, dieses seltsame Klopfen, das offenbar nur für ihre Ohren bestimmt war, denn weder der Toni noch sonst jemand im Haus schien etwas davon zu bemerken ...

Wie aus weiter Ferne, leise und doch deutlich, als liefe es innerhalb der Mauern dahin, kurz aussetzend, dann hastiger wiederkehrend, scharrte, bohrte und pochte es.

Heut' aber dünkte sie das Poltern noch ärger wie in den Nächten zuvor.

Sie erschauerte wie unter einem Frösteln ...

Welcher Spuk wollte sich da einnisten und ihr dieses Heim verleiden? Rumorte gar die alte Kleebinderin herum, der sie das Sterben gewünscht hatte? Oder der Muckerl selbst, der ihr ihre Untreue nachtrug? War es die Sali, ihre Vorgängerin, weil sie sich an die Seite ihres Mannes gesetzt hatte?

Ja, sie war in der Verfolgung ihres Zieles über alle diese drei Menschen hinweggeschritten, aber sie hatte keinem davon den Fuß auf den Lebensnerv gesetzt. Sie waren ihr im Wege gestanden, und nur durch ihr Dasein hatten sie dieses angehäufte Leid zu tragen, aber es war nun doch alles aufgehoben und aufgewogen, es blieb kein unbeglichener Restposten zurück.

Weder die alte Kleebinderin noch der Muckerl vermochten hier im Sternsteinhof herumzuspuken, wo sie nie heimisch gewesen waren. Wenn sie das wollten, bliebe ihnen doch nur der Platz auf dem Kirchhof oder in dem Häuschen am Bach, wo sie lebten und hausten und starben.

Es könnte höchstens die selige Bäuerin sein, die in der

Ewigkeit noch keine Ruhe fand, aber warum kam sie nicht hierher in die Kammer, wo sie solange krank lag, ehe sie die Augen schloß?

Sollte sie am Ende nach ihr rufen? Sie an einen Ort bestellen? Dann müßte sie dem Klopfen nachgehen, schauen, daß sie mit ihr Verbindung bekäme, denn eher wurde doch keine Ruhe mehr, und das Pochen wurde Nacht für Nacht drängender und ungestümer, es zehrte an ihren Nerven und nagte schließlich an ihrer Gesundheit.

Sie mußte ihm ein Ende bereiten ...

Ein Grauen schüttelte sie, als sie die Füße auf die Dielen setzte und von ihrem Lager wegtrat.

Sie war überzeugt, daß der Spuk sie an einen einsamen Ort laden wollte, und sie mußte Folge leisten und hingehen.

Ist es die vorherige Bäuerin, die sich hinter diesem Spuk verbirgt, so soll sie sagen, ob sie eine Sorge auf Erden zurückgelassen hatte, worüber sie nicht mehr zur Ruhe kommt, oder ob für ihr Seelenheil etwas getan werden sollte, es würde geschehen ...

Sie legte leise ihre Kleider an. Das dumpfe Klopfen im Gemäuer ging weiter, es machte sie nervös.

Ihre Hände zitterten, als sie aus der Schrankschublade eine geweihte Wachskerze nahm, dann schlüpfte sie in ihre Schuhe und schlich sich leise hinaus in den Gang.

Dort stand sie, brannte jetzt ein Streichholz an und hielt es an den Docht der Kerze, bis das Flämmchen zögernd aufflackerte.

Immer deutlicher war das unheimliche, scharrende und klopfende Geräusch vernehmbar.

Sie hielt die Hand schützend vor das Kerzenlicht, damit es nicht von der Zugluft ausgeblasen würde. So stieg sie Stufe um Stufe hinab in den Flur. Anfänglich wollte sie an ihrem eigenen Schatten erschrecken, der über die Wände geisterte.

Aber sie war eine mutige Person, und was sie sich einmal vorgenommen hatte, führte sie auch durch, und müßte sie wahrhaftig einen Spuk aus dem Haus vertreiben.

Aufhorchend blieb sie im Flur stehen. Das Klopfen hörte sich an, als käme es tief aus der Erde hervor. Wenn sie ihm nachgehen wollte, mußte sie hinunter ins Kellergeschoß.

Von draußen kam ein leises Hundegeheul ...

Sie preßte die Hand gegen die Brust. Ihr Herz fühlte sie bis in die Schläfen hinauf schlagen.

Leise öffnete sie die Tür, lehnte sich an den Pfosten und schaute hinaus in die schweigende, mondhelle Nacht.

Unweit der Scheune stand ein großer, schwarzgefleckter Hund, er hielt die Schnauze gegen den Himmel gerichtet und stieß langgezogene, klagende Laute aus.

»Pst! Tiger!« rief die Bäuerin vorsichtig.

Der Hund wandte ihr den Kopf zu und kam dann schweifwedelnd herangetrippelt.

Sie ergriff ihn am Halsband und zog ihn in den Flur, sie mußte ihm wehren, denn er sprang ein paarmal freudig an ihr hinauf.

»Horch, Tiger!« wollte sie ihn auf das seltsame Klopfen aufmerksam machen. Das Tier spitzte wohl einen Augenblick die Ohren, schien sich aber nicht das

Geringste aus dem Geräusch zu machen.

Was mochte es wohl sein? Wer machte sich zu mitternächtlicher Stunde im Keller zu schaffen? Jemand vom Haus? Denn bei Fremden müßte der Hund sich doch ganz anders verhalten.

An Geister und Totenspuk glaubte sie schon nicht mehr, denn die Geräusche hörten sich allmählich recht natürlich an. Es hatte den Anschein, als schlüge jemand mit sehr menschlichen Kräften irgendwo ein Loch in die Wand.

Sie öffnete die Kellertür, und der Hund schnüffelte gleichmütig an der Treppe herum, und als sie sich anschickte, hinabzusteigen, da schoß er voraus und jagte in das Dunkel des Kellers hinein.

Langsam folgte sie, und sie hatte noch nicht die Hälfte der tiefen Treppe zurückgelegt, da blieb sie erschrocken stehen. Durch das Gewölbe ertönte ein Fluch, der ebenfalls sehr menschlich klang, darauf folgte ein Aufschlag wie von einem Steinwurf gegen die Mauer.

Heulend kam der Hund über die Stufen heraufgejagt, wischte an ihr vorbei, verschwand hinauf in den Flur und floh zurück auf den Hof.

Verwundert blieb die Bäuerin stehen. Eine Vermutung stieg in ihr auf, aber gerade diese Vermutung versetzte sie in Staunen.

Was tat der alte Bauer um diese Zeit drunten im Kellergewölbe?

Rasch stieg sie vollends hinab.

Aber da wollte sie noch einmal den Mut verlieren. Sie sah sich ganz allein in dem weiten, finsteren Raum. Die Wände, die Umrisse von Fässern und Gerätschaften, die hier untergebracht waren, schwankten im flackernden Licht der Kerze, die sie in der Hand trug. Vom anderen Ende her, ganz nahe an der Mauer, blinkte ihr ein Laternenlicht entgegen. Die Laterne stand auf dem Boden.

Sie hörte ein Keuchen, sah eine Haue, die weit ausholend erhoben wurde über einem großen Kopf mit ergrauendem Haar, der auf einem Stiernacken saß …

Da war es vorbei mit aller Furcht vor Spuk und Geistern. Was sie da sah und hörte, waren keine geheimnisvollen Klopfzeichen von Toten, die keine Ruhe fanden, sondern ein recht irdisches Umtreiben eines lebendigen Menschen, der dort offenbar ein Loch grub und mit ungeheurer Kraftaufwendung das Grundgestein auszuheben versuchte.

Leise und langsam näherte sie sich dem Arbeitenden. Sie hatte ihn längst an seinem Kopf, der aus dem Loch hervorragte, erkannt, eigentlich hatte sie ihn schon zuvor an seinem Fluch erkannt, den er dem Hund nachschickte.

Knapp vor ihm fragte sie: »Was machst du da?«

Darauf war er nicht vorbereitet, daß ihn jemand bei seiner nächtlichen Arbeit überraschen würde. Er starrte sie ganz verblüfft an. Dann ließ er das Grabscheit sinken, lehnte sich an die Mauer und keuchte.

»Ich frag', was du da machst?« wiederholte sie lauter.

Er hatte sich von seiner Bestürzung erholt und lächelte sie boshaft an. »Aha! Das möcht'st gern wissen? Was?«

»Ja, das will ich wissen!« sagte sie schroff.

»Hm, – was ich da mache? Was ich da tu?« Er war verlegen wie ein Knabe, der bei unrechtem Tun ertappt wird. »Jawohl, – ich grabe euch beiden das Glück aus!«

Sie schaute ihn mit verständnislosen Augen an.

Er zwinkerte wieder boshaft und heimtückisch mit den Augen. »Du hast es nicht verdient und dein Mann auch nicht, – drum hole ich meinen Sternstein aus dem Grundgemäuer.«

»So? – Also bist ein Dieb! Ein ehrloser Dieb!« schrie sie jetzt. »Das wirst du bleiben lassen; das Haus gehört uns, wie es liegt und steht, und du hast kein Recht mehr, die Hand daran anzulegen! Es ist mir nicht um den Sternstein, denn deinen Aberglauben teile ich nicht, aber das ganze Gebäude könnt' einem über den Kopf zusammenfallen, wenn du die Pfeiler ausbrichst! Sofort steigst du herauf!«

»Ich werde mich beeilen, wenn du es sagst!« höhnte er.

»Dann bring ich dich eben vor Gericht!«

»Das kannst du machen, wie du willst!« Er hob die Hacke und führte wieder einen Schlag, daß das ganze Gewölbe erdröhnte.

»Wart noch einen Moment!« rief sie. »Der Weg zum Gericht ist mir zu weit und zu lang, ich mache einen kürzeren Prozeß!«

»Jawohl, meinetwegen, wenn du den Toni holen willst, dann geh'!«

»Ich brauche nicht den Toni dazu!« rief sie, griff nach der Laterne und blies das Licht aus, ebenso löschte sie auch ihre Kerze und warf sie weit von sich.

Sie standen im nachtschwarzen Finstern.

»So! Und nun sei g'scheit und steig' heraus. Für heut' ist da Finsternis, da wirst du dein Suchen nach dem

Sternstein wohl einstellen müssen. Und daß du morgen oder später nicht wieder auf diesen irrsinnigen Gedanken kommst und das Graben anfängst, wird der Keller in Zukunft abgesperrt, und den Schlüssel nehme ich zu mir. Vorwärts, komm' mit!«

Der Alte blieb stumm. Regungslos und sprachlos lehnte er an der kalten Mauer. Und als ihm dann vor ohnmächtiger Wut die Tränen in die Augen kamen, da barg er das Gesicht in seine Hände und begann bitterlich zu weinen.

Bestürzt vernahm es die Bäuerin. Sie ging noch näher an ihn heran. »Bist du ein Kind, Bauer?« fragte sie. »Sei dann wenigstens nicht so einfältig wie ein Kind, dem man seine Bosheiten austreiben muß. Denn das, was du tust, ist eine Bosheit!«

Er sagte nichts.

Da fuhr sie fort: »Denke daran, wie dein Hof noch nicht den Namen Sternsteinhof getragen hat, und du, noch jung, ihn von deinem Vater übernommen hast, wenig größer und reicher als andere Höfe, und daß er dann zum größten Anwesen des ganzen Landes geworden ist, das verdankst du nicht dem Sternstein, der vom Himmel in deinen Grund gefallen ist, sondern allein deiner Arbeit, deinem Fleiß und deinem sparsamen Wirtschaften! Und jetzt möchtest du mit den gleichen Händen, die das alles geschaffen haben, wieder alles niederreißen? Das vermöchtest du, während ich keine andere Sorge kenn', als daß auch der Toni seinen Mann und Bauern stellen möcht' wie du dazumal. Denn der künftige Sternsteinhofer soll keine Furche Grund, kein Stück Vieh, keinen Dachziegel am Haus weniger vorfinden, wie du deinem Sohn übergeben hast! Du sollst dich wohl vor mir, einem Weib! – schämen, wenn du schon keine Sünde fürchtest, das Haus, wie du glaubst, um sein Glück zu bringen!«

Der Alte stand immer noch gesenkten Hauptes in der Grube. Jetzt stöhnte er laut auf und murmelte: »Weder daß ich mich schäme noch fürchte ich eine Sünd', aber ...« Er schien die Zähne zusammenzupressen. »Geh' voran!«

Die Sprossen der kurzen Leiter standen weit voneinander ab. Mühsam kletterte er herauf.

Sie wollte ihm helfen.

Aber er wies ihre Hand heftig zurück. »Rühr' mich nicht an!« knurrte er.

»Sei doch nicht töricht!« sagte sie. »Laß' dir helfen! Es geschieht dir nicht zu Liebe und auch nicht zum Schimpf.«

Sie suchte und tastete nach der weggeworfenen Kerze, und als sie endlich gefunden war, ließ sie ein Streichholz aufflammen und brannte den Docht an.

Sie half dem Alten aus der Grube, nahm Haue und Grabscheit an sich und ging voran.

Gedemütigt und schweigend folgte er ihr.

Droben im Flur blies sie das Licht aus. »Ich will dir das Zeug noch hinübertragen,« erbot sie sich.

Er schüttelte den Kopf und nahm ihr die Dinge aus der Hand.

Sie sperrte die Kellertür ab.

Er stand immer noch da. »Du ...!«

»Was denn?«

»Wer schüttet die Grube wieder zu?«

»Das mache ich schon,« sagte sie.

»Du?«

»Kannst dich darauf verlassen.«

»Sagst niemand etwas?«

»Niemand.«

»Auch dem Toni nicht?«

»Nein, auch der Toni soll nichts erfahren.«

Er schaute sie mit großen, verwunderten Augen an, nickte und ging weg.

Das Werkzeug schlug bei jedem seiner Schritte leise klirrend gegeneinander, als er über den Hof davonging.

Der verjagte Hofhund umschlich ihn, um seine Gunst bettelnd.

»Tiger – ja – ist schon gut,« murmelte er.

Es war kein Zweifel, die junge Bäuerin war dem alten Sternsteinhofer überlegen. Er kam nicht mehr gegen sie auf und hatte nur Demütigungen einzustecken, die jeweils nur noch ein günstiger Zufall wettmachen konnte.

Seit jener Nacht legten die beiden einander nichts mehr in den Weg; es trat eine Waffenruhe ein.

Daß sie aber – und wie bald schon! – vollen Frieden schließen würden, daran dachten sie beide nicht …

*

Bisher hatte es dem jungen Sternsteinhofer Spaß gemacht, zu den jährlichen Waffenübungen einzurük-ken; es war das für ein paar Wochen eine angenehme Abwechslung in dem gewohnten Alltag. Er zählte eben doch zu den Reichen, die in nichts zu sparen brauchten, es befriedigte ihn, mit dem Geld herumwerfen zu können und sich von den Kameraden beneidet zu sehen, die mit ihm in Reih' und Glied standen. Er konnte es sich leisten, sich selbst und andere betrunken zu machen und allerlei Unfug zu stiften. Während die anderen dafür oft hart bestraft wurden, drückte man bei ihm gern ein Auge zu und ließ ihn durchwischen.

Er war der reiche Bauer vom Sternsteinhof.

Es konnte nicht ausbleiben, daß er demnächst zu den Unteroffizieren aufrückte, die ihn schon seines gefüllten Beutels wegen gern zu ihrem Kameraden zählen wollten, weshalb sie ihn beim Rapport als besten Mann bezeichneten, der je im Zug marschiert war. Das kostete ihm freilich eine Stange Geld, aber er hatte es ja.

Toll und liederlich trieb er es jedes Jahr in dieser Zeit, die er als einen Fasching bezeichnete, und er schmunzelte über das ganze Gesicht, wenn ihm jeweils die Einberufungsorder ins Haus flatterte.

Bis dann eines Tages ganz außer Zeit und Ordnung der Gestellungsbefehl zum Regiment da war, der in seiner Kürze und Straffheit blutigen Ernst erkennen ließ.

Wie überall, so wußte man auch in Zwischenbühel, daß es drunten im Süden des Landes zu kriegerischen Aufständen gekommen war, aber man hatte nicht damit gerechnet, daß sie sich so groß ausweiten würden, um mit einem Feldzug rechnen zu müssen.

Und nun war er da.

Der junge Sternsteinhofer schaute recht grimmig auf seinen Gestellungsbefehl und fluchte auf die miserablige Bande, die mit Tod und Greuel die Menschheit bedrohten.

Nun war es vorbei mit dem Spaß, den er an seinen Einberufungen hatte, diesmal war es blutiger Ernst, und es beschlich ihn ein ganz unbehagliches Gefühl, eine böse Ahnung, die er nicht mehr abzuschütteln vermochte.

Aber da war nichts zu machen als zu gehorchen.

Es war ein trüber Tag, unter grauen Regenwolken trieben wallende Nebel über die Berghänge hin, als der junge Sternsteinhofer auf der Fahrt zur Kreisstadt war. Helene begleitete ihn mit den Kindern, sie saß rückwärts im Wagen, während er neben dem Knecht auf dem Fahrerbock Platz genommen hatte. Er lenkte selbst die Pferde, um sich unnütze Gedanken fernzuhalten.

Als der Wagen über das Pflaster der Stadt rollte, fielen die ersten Regentropfen, und kaum hatten sie den Bahnhof erreicht, goß es in Strömen vom Himmel hernieder.

Toni warf dem Knecht Peitsche und Leitriemen zu. »B'hüt dich Gott, Heiner und – mach's gut derweil!« sagte er.

»B'hüt Gott, Bauer! Schau' dazu, daß wieder gesund heimkommst!«

»Sorgt euch nicht!«

Während der Knecht bei den Pferden wartete, begleitete Helene mit den Kindern den Scheidenden noch zum Bahnsteig.

Als sie in der Halle standen, hob sie ihm zuerst den Knaben, dann das Mädchen zum Kusse hinauf – und hing dann selbst an seinem Hals.

Sie wußte nicht, warum es ihr plötzlich so schwer ums Herz wurde.

Er hatte die Kinder schnell wieder auf die Füße gestellt

und machte sich jetzt von der Umarmung des Weibes frei. »Laß' es gut sein, Helen', mach' es uns nicht unnötig schwer,« sagte er beklommen.

Rasch drückte er ihre Hand und küßte sie noch einmal. Dann stieg er in den Waggon ein.

Sie stand noch da, als der Zug sich in Bewegung setzte, sie winkten sich noch zu.

Dann trat er vom Fenster zurück – und war fort!

Die Bäuerin erinnerte sich später noch oft an diesen Augenblick. Das Zischen der Lokomotive, das Rollen und Rasseln der Waggonräder erstarb im Brausen des niederstürzenden Gußregens. Draußen verloren sich die Schienen im fahlen Grau. Sie waren leer, lautlos und ziellos war der Zug entschwunden.

Er hinterließ keine Spur. –

*

So hauste nun die Bäuerin allein auf dem Sternsteinhof. Recht und schlecht schaffte sie es, die Nachbarn waren freundlich, hilfsbereit, das Gesinde war willig, man erachtete sie als eine Frau, die ein hartes Schicksal zu tragen hatte und auch zu tragen vermochte.

Sie war zu einer Bäuerin geworden, der niemand mehr die Achtung versagen konnte.

Am Morgen bedeckte der Reif die Wiesen, und an den Bäumen vergilbte das Laub. In der ganzen langen Zeit, die der junge Bauer nun schon fort war, hatte die Bäuerin nur ein einziges Schreiben von ihm erreicht, und nicht einmal das hatte er selbst geschrieben, sondern seinen Bericht einem schreibgewandten Kameraden in offenbar schlecht gelaunter Stimmung in die Feder diktiert. Er ließ sein Weib nur wissen, daß er bei guter Gesundheit sei, aber die Schinderei bis zum Hals herauf satt habe und kaum glaube, das Ende davon abwarten zu können. Sie möge verzeihen, daß er nicht selbst schreibe, aber er habe im Augenblick keine Zeit dazu ...

Es kam keine weitere Botschaft mehr, aber diese einzige und so kurz gefaßte ließ das Gesinde erwarten, daß er plötzlich einmal, und vielleicht schon sehr bald, ins Haus falle, bevor man nur daran dachte.

Helene glaubte gern an diese optimistische Meinung ihrer Leute.

An einem Sonntagnachmittag, als die Leute von Zwischenbühel vom Segen heimgingen, verließ die Sternsteinhofbäuerin als eine der letzten die Kirche. Vor ihr stieg nur noch ein altes Weib unbeholfen und ein wenig ängstlich die Steinstufen hinab.

Es war die alte Matznerin.

Helene eilte ihr nach, griff ihr unter den Arm und half ihr hinab.

»Vergelt's Gott!« sagte die Alte, als sie drunten standen. »Bist gut, Bäuerin!«

»Nichts zu danken, Matznerin, es ist gern geschehen. Wo hast du denn dein Sepherl, daß man sie nicht mehr sieht?«

»Sie ist doch verletzt, hast du noch gar nichts gehört darüber?« staunte die Alte. »Sie hat so dumm in die Sense gegriffen und sich die Hand arg zerschnitten. Jetzt muß sie halt daheim sitzen und warten, bis es geheilt ist, kann nichts verdienen, und ich muß halt schauen, was ich noch beischaffen kann. Ja, es ist ein Kreuz!«

»Warum seid ihr auch nicht gleich zu mir gekommen!« tadeltc dic Bäucrin. »Ich hätt' euch doch geholfen!«

»Hätten wir denn dürfen?«

»Das meine ich doch!«

Die Alte hustete verlegen. »Es ist wahr, ich hab' gleich an dich gedacht, aber die Sepherl wollt' es nicht leiden.«

»Dumm genug von ihr!«

Die Alte nickte sorgenvoll. »Du kannst dir's nicht vorstellen, Bäuerin, was für ein Kreuz ich mit der Dirn hab'! Sie hat einmal kein Glück auf der Welt. Du weißt ja selber, wie ihr dein seliger Muckerl an's Herz gewachsen war. Aber er wollt' halt nichts von ihr wissen. Man kann keinen zur Lieb' zwingen, und er hat damals halt keine andere wollen wie dich.«

Helene schaute nachdenklich vor sich nieder. »Ich möcht' nicht streiten, Matznerin, ob's der Muckerl mit der Sepherl nicht besser getroffen hätt'. Es war halt sein Wille, mich zu heiraten –, und wohl auch sein Schaden. – Aber das sind alte Geschichten, Matznerin, die heut nicht mehr hergehören. Sag' deiner Tochter, ich lasse sie grüßen, und wenn sie wieder geheilt ist, soll sie sich auf dem Sternsteinhof sehen lassen. Ich würde sie gern als Hilfskraft neben der alten Kathel zu mir nehmen, wenn sie das will. Bis dahin komm' du zu mir, wenn es euch an etwas fehlt. Oder bist du auch zu stolz dazu?«

Das alte Weib schied mit tausend Dankesbezeugungen von der Bäuerin.

Als sie ihrer Tochter von dieser Begegnung und Unterredung berichtete, erwiderte diese: »Du magst von der Sternsteinhoferin nehmen, was du kriegst, Mutter. Ich kann dir nicht zumuten, daß du Not leidest, solange ich nicht arbeiten kann. Aber ich nehme nicht das Geringste von ihr an, und unter einem Dach mit ihr zu hausen, das bringe ich nicht fertig. Versteh' mich auch recht, Mutter: Ich trage ihr nichts nach, obwohl es für mich ein Unglück war, daß sie gleichzeitig mit mir und am gleichen Ort herangewachsen ist. Aber wie sie am Muckerl gehandelt hat, der mir lieber war als ich mir selber, das kann ich ihr nicht mehr vergessen. Ich muß es ihr verzeihen, weil es meine Christenpflicht ist – aber vergessen kann ich es ihr nicht!«

Nie, noch während ihres ganzen langen Lebens, betrat das Matzner Sepherl jemals den Sternsteinhof, Jahre hindurch half sie sich allein in der Welt fort, und als sie selbst zu einem alten Weiblein geworden war, verschenkte sie ihr kleines Anwesen an ein armes, junges Brautpaar und bedingte sich nur ein Kämmerchen als Wohnraum bis zu ihrem Ende aus.

In ihrer letzten Stunde legte sie die »schmerzhafte Muttergottes« in die Hand des Priesters, der an ihrem Sterbebett saß.

»Es ist ein rechtes und heiliges Bild und ein gar teures Andenken,« sagte sie und bat, man möge dieses Schnitzwerk gut unterbringen ihr zum Trost und dem, der es geschnitzt habe, zur Ehre, denn sie hoffe, nun mit ihm zusammenzutreffen, falls ihr von Gott dieses Glück bestimmt sei.

Als die Bäuerin vom Sternsteinhof von jenem Kirchgang heimkehrte und noch der alten Matznerin und ihrer Tochter nachdachte, empfing die alte Kathel sie schon an der Haustür und machte eine wichtige Miene.

»Was ist denn, Kathel?«

»Ein Brief ist gebracht worden, Bäuerin. Ich hab ihn droben in der Stube auf den Tisch gelegt. Es muß ein amtliches Schreiben sein, weil er Wachs und Siegel trägt.«

»Wird schon wieder eine neue Steuerauflage sein,« meinte die Bäuerin und stieg dann die Treppe hinauf. Sie legte nur das Schultertuch ab und griff gleich nach dem Brief, der auf dem Tisch lag.

Sie las zuerst die aufgedruckte Adresse des Absenders ab. Das Schreiben kam vom Notariat der Kreisstadt.

Was wollte denn der?

Hastig erbrach sie den Umschlag. Ein Brief und ein Ausschnitt von der Provinzialzeitung, welche die amtlichen Verlautbarungen brachte, fielen heraus.

Sie begann zu lesen, und plötzlich veränderte sich ihr Gesicht, ein heftiges Erschrecken zeichnete sich darin ab und dann verlor es mehr und mehr an Farbe, bis es ganz bleich geworden war.

Sie ließ sich auf einen Stuhl fallen, ihre Hand, die noch den Brief hielt, sank herab.

So saß sie lange da in ihrer Fassungslosigkeit und horchte in die Stille, die sie noch nie so bedrückend empfunden hatte.

Dann raffte sie sich auf, trat unter das Fenster, die Papiere raschelten in ihren zitternden Händen –, und noch einmal las sie Zeile um Zeile aufmerksam durch.

Als sie damit zu Ende gekommen war, griff sie nach ihrem Taschentuch und drückte es an ihre Augen. Selbstvergessen und verloren schaute sie hinaus auf den Hofraum und hinab zum Dorf, über die ganze Landschaft hin.

Ihrer Brust entrang sich ein schwerer Seufzer.

Später verließ sie die Stube, ging Schritt für Schritt hinab über die Treppe, trat hinaus auf den Hofraum.

Um die Scheunenecke kam gerade der kleine Muckerl. Auf seiner Schulter saß wie im Reitsitz die kleine Juliane, die ein paarmal hell auflachte, wenn der Bub einen lustigen Sprung machte.

Der Knabe sprang auf sie zu. »Schau', Mutter, jetzt lacht sie, weil ich sie mitschleppe!« rief er. »Sonst ist sie immer müd und weint. Aber sie muß überall dabei sein!«

Die Bäuerin winkte abwehrend und unwirsch ab. »Sei still!« sagte sie mit fremder Stimme. Dann nahm sie die Kleine vom Rücken des Knaben und stellte sie auf die Füße. »Es ist ja brav von dir, wenn du dich schon so jung um die schwachen Weibsleut annimmst, Muckerl, gar um dein Schwesterl. Wirst es wohl müssen, armer Bub!«

Drüben auf der Bank vor dem Austraghäuschen saß der alte Sternsteinhofer. In seiner Gesellschaft befand sich der Käsbiermartel.

Sie schauten beide herüber.

»Schau', da geht er ja, der Drache!« sagte der Käsbiermartel und zwickte die Augen zusammen. »Wie kommst denn jetzt aus mit ihr?«

»Ein Drachen ist sie schon,« murrte der alte Bauer. »Aber ein solcher, der einen Schatz hütet. Man muß ihn bloß ihn Ruh' lassen, wenn er sein Plätzchen ausgesucht hat, dann kann man ganz gut mit ihm auskommen.«

»Und ausgerechnet bei dir hat er sich sein Plätzchen ausgesucht,« stichelte der Käsbiermartel. »Glaub's gern, daß es ihm da gefällt!«

Der alte Sternsteinhofer fuhr mit der Hand über seinen gewaltigen Schädel. »Hm, – übrigens, man muß sagen, was wahr ist, sie hat sich nicht schlecht angelassen, hat alles in fester Hand und läßt nirgends einen Schaden aufkommen. Sie wird da einmal der Bauer sein. Weißt schon, mein Toni hat nie recht viel getaugt dafür, und er wird sich nimmer viel bessern. Und du, Käsbiermartel, – das muß ich dir jetzt sagen! – du hast keinen Grund, ihr aufsässig zu sein. Das Kind von deiner Tochter hält sie wie ihr eigenes, sie ist ihm eine gute Mutter! Ich aber, der ich sie von allem Anfang an von da abwehren wollte und dem sie jetzt zum Trotz da sitzt, ich kann und will ihr nichts mehr in den Weg legen.«

Der Käsbiermartel schwieg lange. »Freilich, daß sie gut ist zu dem armen Kind von meiner Tochter selig, das – das will ich ihr groß anschreiben –, drum, Sternsteinhofer, halt' mir nichts für ungut wegen meiner dummen Red' von vorher. Du kennst mich ja!«

Er gab dem Sternsteinhofer die Hand und machte sich davon, denn jetzt kam die Bäuerin auf das Austraghäuschen zugeschritten.

Er rief ihr noch einen Gruß zu und lief der Straße zu.

Helene erwiderte seinen Gruß nur mit einem Kopfnicken.

Und der alte Sternsteinhofer nahm die Pfeife aus dem Mund und spuckte aus. »Du hast doch bloß schöne Worte ins Gesicht und üble Gedanken hinter der Stirn, alter Geizkragen!« murrte er dem Käsbiermartel nach.

Dann blickte er der Bäuerin entgegen und erkannte an ihrem herben, bleichen Gesicht und an den Tränenspuren, daß sie einen schweren Kummer hatte.

»Was hast?« fragte er.

»Nachricht vom Toni.«

»Was schreibt er?«

»Er schreibt nichts, andere tun's.«

Er erschrak. »Das soll doch nicht heißen ...?«

Sie schüttelte den Kopf.

»Verwundet?«

»Nein.«

»Was ist dann?«

Sie reichte ihm das Schreiben hin.

Zögernd, als hätte er Angst davor, griff er danach und las dann still Zeile für Zeile durch.

Der Notar, ein langjähriger Berater und Betreuer des Sternsteinhofers, bedauerte in dem Brief unendlich, sich zu einer so schweren und traurigen Pflicht gedrängt zu fühlen. Falls durch die kriegsbedingten Verzögerungen im Postverkehr noch keine Mitteilung im Sternsteinhof eingetroffen sein sollte, wolle er nicht versäumen, die amtliche Verlustliste mit dem Ausdruck seines tiefsten Bedauerns der Bäuerin zuzuschicken. Sie möge doch immerhin noch hoffen, daß durch eine gütige Fügung des Himmels das Ärgste noch abgewandet werden könne, so daß der Mann eines Tages wiederkehre ...

Das Papier knisterte unter den Fingern des alten Bauern, er schob jetzt den Daumen auf der Verlustliste von Zeile zu Zeile, von Namen zu Namen und ließ ihn dann auf dem gefundenen ruhen.

»Vermißt,« sagte er dann mühsam.

Sie sank an seiner Seite auf die Bank nieder und legte aufschluchzend den Kopf an seine Schulter.

»Sei g'scheit!« tröstete er sie. »Man weiß halt noch

nicht, wo der Toni geblieben ist. Der Notar hat recht, man darf nicht gleich das Ärgste annehmen. Wirst sehen, er kommt wieder! Man sollt' es nicht sagen, aber vielleicht ist es doch ein schwacher Trost: Unkraut verdirbt nicht!«

Das sagte er nur, um sie aufzumuntern, und er machte ein verschmitztes Gesicht dazu.

Und siehe, Helene lächelte unter Tränen …

»Wir wollen das Beste hoffen, aber wir müssen uns auch auf das Schlimmste gefaßt machen,« sagte sie dann.

Er nickte.

»Und ich möcht' dich halt bitten, daß du zu mir in den Hof ziehst,« fuhr sie fort. »Ich will nicht so allein in dem Gemäuer hausen – und daß du mir in der Wirtschaft zur Hand gehen möchtest. Aber wenn du nicht mit mir unter einem Dach sein willst, dann müßt ihr halt trachten, wie ich allein fertig werde. Aber wenigstens die eine Gnade hab'« – sie drückte die gefalteten Hände gegen die Brust –, »nimm dich um den Buben an! Du bist sein Großvater, er ist dein Fleisch und Blut! Von dir kann er etwas lernen, und er braucht die Führung eines Mannes!«

Er schaute erschüttert auf sie nieder.

»Anfangs wird dir freilich auch das kleine Dirndl nachlaufen,« fuhr sie fort. »Aber denk' nicht, daß ich dich zur Kindermagd machen will, ich nehme mich schon selber darum an, gerade um das kleine, schwache Kind, dem ich Mutter sein muß. Doch den Buben mußt du in die Hand nehmen! Laß' es ihm nicht entgelten, was du etwa von früher her noch gegen mich hast. Er ist unschuldig!«

Sie erhob sich und rief die Kinder heran, die zurückgeblieben waren und Schlimmes ahnend herüberschauten.

Sie schob den kleinen Muckerl zwischen seine auseinandergespreizten Knie. »Schau, wenn nicht alles gekommen wäre, wie es heut ist, nicht nur ich stünde verlassen auf der Welt, auch du wärest einsam auf deinem weiten, reichen Anwesen.«

Der Alte schaute auf den Knaben nieder, strich mit seiner großen Hand über den kleinen Kopf und nickte wehmütig vor sich hin.

Dann stand er auf, schob den Hut zurück und wischte sich über die Stirn.

Keuchend sagte er: »Heiß ist's heut, Bäuerin, heiß –, ich hätt's nicht geglaubt, um die Zeit noch ...«

Und plötzlich warf er die Hand vor das Gesicht und stöhnte laut auf: »Ach, es ist arg!«

»Ja, es ist arg,« weinte das junge Weib. –

Jahre schwanden dahin, der junge Bauer vom Sternsteinhof kam nicht mehr zurück.

Längst war wieder Friede im Land.

Die beiden Kinder wuchsen auf dem Sternsteinhof unter der Obhut und Aufsicht der Mutter und des Großvaters heran. Der kleine Muckerl hatte vor dem alten Mann nicht nur einen großen Respekt, sondern fühlte sich auch durch eine große Anhänglichkeit zu ihm hingezogen wie zu seinem Vater. Der Alte war für ihn das Muster der Männlichkeit, der Kraft und Vollkommenheit.

Die kleine Juliane dagegen hing mehr an der Bäuerin, deren Schönheit und Klugheit sie stolz machte. Wer die

Mutter lobte, der redete ihr zu Gefallen, und wer gar noch sagte, daß sie ihr nachgerate, der konnte sich bei ihr einschmeicheln.

Aber keines von beiden Kindern wurde verhätschelt, sondern sie wurden richtig und stramm aufgezogen, zu Menschen, die einmal zu gebrauchen waren.

Oft wurde der jungen Bäuerin nahegelegt, sie möge doch beim Gericht die Todeserklärung ihres Mannes betreiben, damit sie wieder heiraten könnte. Aber darauf erwiderte sie nur, daß sie kein anderes Ziel habe, als ihre beiden Kinder zu fertigen Menschen zu erziehen und als solche auf den Sternsteinhof zu setzen.

Als Juliane größer wurde, sorgten die Mitmenschen dafür, daß sie erfuhr, in welchem Verhältnis sie eigentlich zu der Bäuerin stand, und daß die schöne und kluge Frau gar nicht ihre Mutter, sondern nur die Stiefmutter sei.

Das war für das Kind eine bittere Enttäuschung.

Aber Helene schloß es lachend in die Arme. »Bin ich eine solche?« fragte sie. »Verspürst du etwas davon, daß du eine Stiefmutter hast?«

Worauf das Mädchen unter Tränen lachend die Arme um sie warf.

Jene aber, die die Sternsteinhofbäuerin noch als die Zinshofer Dirn gekannt hatten, wollten nicht glauben, daß das lebensfrische und seiner Schönheit bewußte Weib nur noch der Arbeit und Aufgabe des Hofes und ihrer Familie lebte. Aber soviel man auf sie achtgab, man konnte ihr nichts anderes nachsagen, als daß sie zu einer achtbaren Frau und Mutter geworden war.

Zu einer Bäuerin, wie man sie sich nicht trefflicher

denken konnte.

Ihre Hilfsbereitschaft, wenn irgendwo in einem Haus Unglück und Not eingedrungen waren, war eines der sichtbaren Zeichen von ihrer Größe, zu der sie herangewachsen war. Sie kannte ja die Not aus eigener Erfahrung und wußte, wie wehe sie tat. Sie half also ungerufen, wo sie nur konnte. Aber auch für gemeinnützige Zwecke, für Spital- und Schulhausbauten und dergleichen hatte sie immer eine offene Hand. So bekam sie bei den Leuten immer mehr Steine in das Brett, und bald dachte niemand mehr daran, daß dieses »Kernweib vom Sternsteinhof«, wie sie genannt wurde, eine Tochter der alten, übelbeleumundeten Zinshoferin und Ehefrau des kleinen, armseligen Holzschnitzers gewesen war.

Man nahm sie heut, wie sie war und wer sie war.

Sie wußte das.

Wenn am Sonntag beim Klang der Kirchenglocken der Wagen vom Sternsteinhof unten an der Treppe hält, dann steigen Muckerl und Juliane als ein prächtiges, junges Paar Leute die Staffeln hinauf, ihnen folgen Großvater und Mutter. Die Bäuerin schiebt ihren Arm unter den des alten Bauern, nicht um ihn zu stützen, denn das ist nicht nötig. Er geht noch rüstig und aufrecht wie früher und scheint Ernst zu machen mit den hundert Jahren, die zu leben er sich vorgenommen hat.

Sie erwidern die Grüße der Leute, und die jugendfrischen, schönen Augen der Bäuerin scheinen zu sagen: Ich bin so – weil ich so bin!

Oja, die Bäuerin vom Sternsteinhof war sich bewußt, daß sie etwas galt, und es schmeichelte ihrer Eitelkeit, daß man einmal an ihr etwas verlieren würde. Denn sie wollte, wenn sie einmal vom Schauplatz abtreten mußte, eine Lücke hinterlassen.

So war sie, die Bäuerin vom Sternsteinhof, das einstmalige barfüßige Mädchen, das dazumal aus der halbverfallenen Hütte am Bach getreten war, um nach dem reichen und stolzen Sternsteinhof auszuschauen, in dessen Fenstern die Sonnenstrahlen spiegelten, als wäre ein glutrotes Feuer aufgegangen.

Wer trauerte heut noch der wackeren Kleebinderin nach? Wer sprach heut noch vom Zwischenbüheler Holzschnitzer? Wer wird einmal die rechtschaffene Sepherl Matzner mangeln?

Niemand.

Sie alle machten das Leben ganz unter sich ab, und kein Mensch machte sich etwas aus ihrem Tod.

Wenn aber sie, die Bäuerin vom Sternsteinhof stirbt, wird nicht nur ihrem eigenen Kind das Herz schwer werden, auch das fremde, das Kind der anderen, wird ihr heiße Tränen nachweinen, aber auch alle Armen in der Umgebung und alle jene, die zu ihr um Rat und Trost gekommen waren, alle wird jener Tag bedrücken, an welchem der Tod die Bäuerin vom Sternsteinhof wegholte.

Das war ihr Ziel, und dafür hatte sie gelebt. –

Roman

Als Band mit der Bestellnummer 11 149 erschien:

Herbert Gold

MITTEN INS HERZ

Treffend und einfühlsam schildert dieser Roman die Empfindungen und Wandlungen eines Fünfzehnjährigen auf der Schwelle zum Mannesalter: die Trauer um die unwiederbringlich entschwundene Kindheit, den schmerzlichen Prozeß des Erwachsenwerdens, das Erwachen der ersten Liebe, die damit verbundene Verwirrung des Herzens und der Gefühle, die zaghaften Annäherungsversuche und die glücklichen Stunden seligen Beisammenseins.

Ein Buch voller Zärtlichkeit, Lust und Trauer. Für alle, die von der Liebe träumen, für jene, die sie erleben, und für diejenigen, die sich voll Sehnsucht daran erinnern.